Benito Pérez Galdós

Episodios nacionales II
Memorias de un cortesano
de 1815

Barcelona **2024**
Linkgua-ediciones.com

Créditos

Título original: Episodios nacionales II. Memorias de un cortesano de 1815.

© 2024, Red ediciones S.L.

e-mail: info@linkgua-ediciones.com

Diseño de cubierta: Michel Mallard.

ISBN tapa dura: 978-84-1126-304-7.
ISBN rústica: 978-84-9007-293-6.
ISBN ebook: 978-84-9007-255-4.

Sumario

Brevísima presentación

La obra

Memorias de un cortesano de 1815 es la segunda novela de la segunda serie de los *Episodios Nacionales* de Benito Pérez Galdós.

La obra, considerada una de las más humorísticas de la serie, nos adentra en el estrambótico mundo de la corte de Fernando VII, dominada por personajes ignorantes y avispados que hacen y deshacen, tiran y aflojan cada uno en la medida de sus posibilidades, según los peores usos de la monarquía absolutista.

«En el nombre del Padre, del Hijo y del Espíritu santo, doy principio a la historia de una parte muy principal de mi vida; quiero decir que empiezo a narrar la serie de trabajos, servicios, proezas y afanes, por los cuales pasé en poco tiempo, desde el más oscuro antro de las regias covachuelas, a calentar un sillón en el Real Consejo y Cámara de Castilla.»

Esta vez el protagonista y narrador es don Juan Bragas de Pipaón, que conocimos en el episodio precedente como secundario. Pérez Galdós reflejó a través de este histriónico personaje la inmoralidad de la corte de Fernando VII. Su ascenso imparable hasta formar parte íntima de la corte, sin estar dotado de mucho talento, nos demuestra hasta qué punto resultaba picaresca la vida en Palacio.

I

En el nombre del Padre, del Hijo y del Espíritu santo, doy principio a la historia de una parte muy principal de mi vida; quiero decir que empiezo a narrar la serie de trabajos, servicios, proezas y afanes, por los cuales pasé en poco tiempo, desde el más oscuro antro de las regias covachuelas, a calentar un sillón en el Real Consejo y Cámara de Castilla.

Abran los oídos y escuchen y entiendan cómo un varón listo y honrado podía medrar y sublimarse por la sola virtud de sus merecimientos, sin sentar el pie en los tortuosos caminos de la intriga, ni halagar lisonjero las orejas de los grandes con la música de la adulación, ni poner tarifa a su conciencia o vil tasa a su honor, cual suelen hacer los menguados ambiciosillos del día, después que las sanas costumbres, la modestia, la sobriedad y la cristiana mansedumbre han huido avergonzadas del mundo, y son tan míseros de virtud los tiempos, que no se encuentra un hombre de bien aunque den por él medio millón de pícaros vividores.

¡Bendito sea Dios, padre de los menesterosos, sustento de los débiles, proveedor de los hambrientos, aposentador de los desamparados, amparo de los desnudos, alivio de todos los pobrecitos que quieren ganarse la vida, y despensero de las hormigas, de los pájaros y de los pretendientes!... ¡Bendito sea Dios, digo, que me ha conservado mis sueldos, gajes, pensiones, viáticos, emolumentos y obvenciones, para que desahogadamente y sin importunos cuidados pueda contar todos los pasos de mi fabulosa carrera! ¡Oh! ¿Por qué he de ocultarlo? Carrera como la mía no la hicieron más de cuatro, desde que brotó en la fecunda tierra el tallo de los empleos públicos y abrieron sus polvorientas corolas de papel los expedientes de Arbitrios, Propios, Tercias reales, Noveno, Pósitos, Paja y Utensilios, Frutos civiles, Mandas, Renta de la Abuela, Chapín de la reina y demás yerbas que componían el placentero jardín de la Administración.

Verdad es que si a grandes altitudes llegué, buenos porrazos recibí en aquella bendita escala, luchando y desgreñándome a machaca-liendres con los que querían subir antes que yo; si mucho y rápidamente subí, agarreme también a buenos faldones. Y no se diga que manchan mi vida, como la de otros muy lucidos en sus carreras, acciones feas y vergonzosas. Eso no; que antes que nada es la inmaculada blancura de mi alma cristiana. Dios es testigo de que jamás metí la mano en bolsillo ajeno... ¡Jesús, qué horror! Antes me habría dejado tostar en parrillas que tomar de las arcas del Tesoro un ochavo de los que allí estaban, conforme a los libros de cuenta y razón... ¡Huye, Luzbel maldito! *Vade retro!*... Detesto las violentas acciones, mayormente cuando al varón allegador y celoso de su propio bien, no faltan mil ingeniosos arbitrios, sutilezas prudentes y habilísimas industrias para remediar sus escaseces. No fui yo el inventor de tales alivios; que los aprendí de maestros muy doctos, cargados de emolumentos, veneras, excelencias, y que pasaban por las más firmes columnas del Estado y de la Iglesia, de lo cual colijo que las sobredichas ingeniosidades no debían de ser pecaminosas. Y no digo más por ahora, que a su tiempo y sazón se verán palmariamente las agudezas de mi ingenio, y el filósofo así como el moralista, no podrán menos de aprobarlas.

«¿Y quién es usted?...» —preguntarán seguramente los que me leen.

—Yo soy aquel —respondo— que en los primeros años de su vida administrativa se llamaba Juan Bragas, nombre que a decir verdad no se distingue por su música, ni tiene saborcillo de elegancia, ni sonsonete o cancamurria de nobleza; así es, que no bien comencé a sacar el pie del lodo, añadí al apellido de mis padres el lugar de mi nacimiento, por lo cual, siendo este Pipaón en Rioja de Álava, vine a llamarme don Juan Bragas de Pipaón. Sonaba esto pomposamente en mis orejas, y yo repetía en voz alta mi propio nombre para señorearme con su grandiosidad, la cual anunciaba por el solo efecto del silabeo la persona de un embajador, consejero de Indias, fiscal de la Rota o Asistente de Sevilla. Más adelante, como el Bragas no me pareciese del mejor gusto, lo suprimí completamente, quedándome para el mundo presente y para la posteridad en don Juan de Pipaón, nombre breve y rotundo, que va dejando ecos armoniosos doquiera que se pronuncia, y al cual no le vendrá mal la conterilla del marquesado o condado que tengo entre ceja y ceja.

Bendito sea Dios, vuelvo a decir, que no abandona jamás a los menesterosos; bendita sea la pródiga mano que a cada cual le da su remedio, ora un pedazo de pan, si padece hambre, ora un buen amigo que le ayude, si tiene ambicioncillas de medro. ¿Qué habría sido de mí si no hubiera tropezado de manos a boca con aquel nobilísimo, con aquel sin par sujeto, que echó de ver mis disposiciones y me llevó desde el Purgatorio de la oscuridad y miseria, al Paraíso del favor, de la fama y de la hartura? Hombre mejor no nació de vientre de mujer, ni se ha visto un talentazo igual para todo aquello que fuera de la jurisdicción de la suprema intriga, por cuyas prendas era la gran cabeza de aquellos tiempos y un maravilloso regalo hecho por Dios a la afortunada nación española, para que la sacara del mal traer en que se encontraba.

No estamparé aquí su nombre, porque los de personajes insignes no deben ser expuestos a la vergüenza de las letras de molde, donde corren riesgo de que la Historia y la Posteridad (ambas señoras muy amigas de meterse en vidas ajenas) los tomen por su cuenta, atribuyéndoles esta o la otra picardía y desfigurando con pérfido criterio sus honrados manejos. Pero sin nombrar al santo, puedo referir los milagros. Era mi protector diputado en las Cortes del año 14, donde brilló por su buen ojo y mejor mano para meter en un laberinto de enredos y compromisos al bando reformador. Acaudilló con singular tino a los que poco después se llamaron *Persas*, y fue uno de los que prepararon el paso dado por Fernando (a quien todos llamaban entonces el *suspirado*), contra la Constitución. Gozaba mi protector fama de hombre ignorantísimo, opinión que hubo de ser efecto de la ruin envidia, pues de su excelso ingenio fueron muestras la zancadilla que echó a todos los reformistas, y aquel celo y consumada destreza suya para ponerse en primer lugar, luego que el Rey *recobró sus legítimos derechos*, así como la prontitud con que se proporcionó tres o cuatro sueldos por Obra Pía, Pósitos, Penas de Cámara, etc..., de los cuales el menor habría contentado a un triste pedigüeño de otros tiempos.

Dios Todopoderoso, a quien no cesa de invocar mi gratitud, hizo que el cuitado narrador de estos sucesos, topara con Su Excelencia en enero de 1814, y que le cautivase principalmente por su buena letra y singularísima habilidad para remedar la ajena, especialmente en toda suerte de firmas y rúbricas. ¡Oh, y qué elogios hacía aquel buen hombre de mis talentos caligráficos! ¡Y cómo ponderaba mi pulso, mi excelente ojo y aquella soltura con que despachaba en cuatro rasgos las más difíciles y para él inverosímiles imitaciones! Así es, que me traía en palmitas, regalábame copiosamente, y aunque a veces solía decirme las cosas entre una sofocante llovizna de bofetones, mi humildad y la mansedumbre cristiana que Dios me dio, le volvían a su pacífico ser y a sus bondades y deferencias conmigo.

El primer asunto importante en que su merced me ocupara, fue aquel que la historia llama *el asunto Oudinot,* y que fue saladísimo, como obra de tales ingenios, aunque de escaso efecto por torpeza de algunos. Con su poderosa inventiva fantaseó mi protector una conspiración que se suponía fraguada por los liberales, de acuerdo con Napoleón, para establecer en España la república *Iberiana.* ¡Diantre con la república, y cuánto nos dio que reír, y cuántas cuchufletas y bufonadas entretuvieron las nocturnas horas en que a solas nos dedicábamos a inventar cartas, a remedar tipos de letra, a confeccionar programas y comunicaciones en cifra! Lo cierto es que la conspiración salió que ni pintada, y daba gusto ver aquella sutil trama, en la cual don Agustín Argüelles aparecía carteándose con un pinche francés, a quien nosotros por ensalmo hicimos *general Oudinot,* con otras muchas imaginarias picardías puestas tan al vivo, que aún los autores de todo llegamos a creerlo, y nos indignábamos contra los *republicanos iberianos napoleónicos.*

Todo se lo llevó la trampa, a pesar de estar hecho con tanto esmero en largas vigilias... ¡Lástima de trabajo! La torpeza del necio Berteau, criado de la duquesa de Osuna, y de cierto cura de Granada (a quien después hicieron arzobispo), echó por tierra el más grandioso edificio que levantaran humanos entendimientos. Descubriose que todo era invención; formose causa, y aunque nadie se metió con nosotros, tuvimos el pesar de que los mismos jueces se escandalizaran de tan *atrevida y necia calumnia.*

Pero desde entonces se redobló la buena amistad y estimación de mi generoso protector, quien me puso en el secreto de graves planes, convidándome a cooperar en su realización con todas las fuerzas de mi talento y travesura. Véase, pues, qué pronto me había destinado la divina Providencia a tomar parte en sucesos culminantes, de esos que mudan y trastornan las naciones. Sí, señores, delante de mí, en una sala del convento de Atocha, mi buen amigo, asistido de algunos padres graves de dicha casa, redactó el famoso manifiesto de los *Persas,* que quedó perfilado y puesto en limpio por mí en 12 de abril. Firmáronlo sesenta y nueve individuos de lo más aprovechado que había en el reino y en las Cortes, hombres estimadísimos del soberano, que entre ellos repartió mitras y togas, para que no quedara sin premio su lealtad.

En cuanto a la mía acrisolada, continuó sin más premio por entonces que el antiguo destinillo en la covachuela, y hasta después del 10 de mayo y de la caída de la *Mamancia* y de la entrada en Madrid del *encantador* Fernando, no di señales de adelanto en mi carrera. ¡Oh, qué días aquellos! ¡Cuánta ansiedad sentíamos los buenos patricios, esclavos de la libertad, suspensos entre la vida y la muerte, sin saber cuándo veríamos el fin de la horrible tiranía de los *mamones, caparrotas, cuácaros, lameplatos y ceposquedos,* pues estos y otros graciosos nombres daba a los liberales en su *Atalaya de la Mancha* el reverendo padre Castro! ¡Y qué trasudores y congojas experimentamos en todo abril, ora creyendo segura la llegada del Rey con el desquiciamiento de todo el catafalco constitucional, ora sospechando que los infames francmasones nos secuestrarían al *suspirado* Rey, haciéndolo perdidizo en cualquier desfiladero, para encajarnos la república Iberiana, que tanto daba que hablar en los barrios bajos y en los claustros de mendicantes!

Pero la aproximación de las tropas de Wittingham nos dio aliento, y la llegada del general Eguía, completa tranquilidad acerca del buen resultado de lo que entre manos traían los Persas. ¡Qué hombre aquel! Era de los pocos, y es lástima que nuestra nación, agradecida a su destreza y heroísmo, no le elevase una estatua ecuestre, representándolo con su peluca de coleta, su gran joroba y aquel aire chusco, cascarrón y altanero, que le hacía tan temible. General más valiente no le han conocido los siglos. Los historiadores, que todo lo enredan, han dado en decir que don Francisco Eguía no hizo más que desaciertos y majaderías, cuando mandó el ejército del Centro en la Mancha, antes de la batalla de Ocaña; pero aún falta probar, que nuestro general no fue un Gran Federico en aquella campaña. Han dicho que no quería combatir; que apremiado por la Regencia para que atacase a los franceses, contestó que *él solo anhelaba sucesos grandes que salvaran a la nación*, dando a entender el noble deseo de no gastar su ingenio estratégico en batallejas de tres por un cuarto.

Pero sea de esto lo que quiera, y aun considerando que la Regencia tuvo razón al separarle del mando en 1809, no se le puede negar su heroísmo militar y ciencia en 1814. Como que él solo, ayudado de una división del ejército del Centro, dio al traste con la inmensa balumba de las Cortes, poniendo en vergonzosa fuga a más de cien diputados liberales, que se escondieron en sus casas sin atreverse a asomar las narices... ¿Qué tal? Hombres como aquel bravísimo Eguía, son el mayor galardón que Dios Omnipotente puede hacer a las atribuladas y huérfanas naciones. Admirablemente lo hizo, y allí era de ver cómo se presentó con su tropa en casa del presidente de las Cortes, notificándole, con serenidad sublime, la ruina de la Constitución, y cómo ocupó después resueltamente y sin asomos de miedo, casi sin pestañear, el palacio de las Sesiones, declarando con voz entera y firme que todo estaba por los suelos.

¡Qué noche la del 10 de mayo de 1814! ¡Oh sin igual ventura! ¡Oh inolvidable regocijo del alma después de tan larga opresión! Yo había pasado todo el día escribiendo un articulito que remití a *La Atalaya*, por encargo de mi excelente patrono. Estoy tan orgulloso de aquella pieza, fruto precioso del frenético entusiasmo mío y de los ardores fernandistas de mi exaltado corazón, que no quiero que estas fieles memorias vayan a los confines de la posteridad, sin llevar siquiera un par de párrafos para que, reconociendo mi patriotismo, se juzgue de mi caliente estilo y de las gallardías de mi pluma. Decía así:

«¡A dónde estáis, potencias de mi alma! ¡Os busco, y por ninguna parte os encuentro! ¿Habéis volado en busca de aquel imán de nuestros corazones? ¿A dónde está FERNANDO? Hechizo de mi corazón, ¿a dónde te encontraré? ¡Mi alma no acierta en la efusión de su placer a expresar de ningún modo los sentimientos de que se halla inundada! ¡Mi memoria... Mi voluntad... Mi entendimiento, sí!... Todo es vuestro, ¡Dios Eterno! Pero si FERNANDO está en vos y vos en FERNANDO, en vos mismo gozaré de su amorosa presencia; sí, Dios Omnipotente, permitid que me regocije en vos, pues que vos le elegisteis desde vuestros eternos alcázares para nuestro digno REY; vos le perseverasteis con vuestra providencia en el principio; vos le guardasteis bajo la sombra de vuestras divinas alas...; vos le quitasteis de un suelo manchado con tantos crímenes, para que no presenciase el espantoso castigo con que ibais, aunque tan lleno de misericordia, a castigar a tus hijos... Sí, amado FERNANDO... Sí, apetecido consuelo de

14

todas nuestras aflicciones... Sí, hermoso y deseado iris en todas nuestras horribles borrascas... tus fieles y huérfanos hijos te lloraron como miserables pupilos, y no hubo un placer verdadero en sus amantes corazones, considerándote cautivo...»

II

Y así seguía, soltando la abundosa vena de mi inspiración, para que sin tasa corriese, con lo cual se embobaba el vulgo, llegando mi fama como escritor hasta el punto de que un padre de la Merced, el venerable Salmón, dijese de mí que allá me iba con Cervantes en el manejo de la pluma. Pero la verdad es que mi genio me llamaba por caminos distintos de los de la literatura. ¿Se creerá que en aquella felicísima noche del 10 de mayo, no pudiendo contener mi exaltación en pro de Fernando, ni menos mi enojo contra los llamados *mamones,* me uní a los esbirros y jueces que iban de calle en calle prendiendo en sus casas a los famosos corifeos de las Cortes?

Uno de los jueces de policía era amigo mío, y también un oficial de los que mandaban la tropa encargada de proteger a los jueces. Fui, pues, de casa en casa, y no puedo dar idea de la indignación que ardía en mi alma contra aquellos bribones, a quienes era preciso buscar dentro de sus propias guaridas para prenderlos. Era en realidad vergonzoso que varones tan eminentes como aquellos intachables jueces de policía, anduviesen cual cuadrilleros de la Santa Hermandad, corriendo a caza de un Argüelles, de un Martínez de la Rosa, de un Calatrava... ¡Tunantes! ¡Cuándo recibieron ellos mayor honra que la de ser huroneados por individuos de toga, los cuales en su desmedido ardor por la causa del Rey, iban sudando gotas como puños; que tales angustias trae el oficio de polizonte!

La pesquería no fue mala, y si bien se nos escaparon Toreno, Antillón, Gallego y otros, cogimos a Argüelles (a quien no le valió su *divinidad*) en la calle de la reina; a Gallardo, en la del príncipe; a Canga Argüelles, en la misma calle y casa de San Ignacio; a Page, en la de Hita; a Cepero y a Martínez de la Rosa, en la calle de San José; a Larrazábal, en la de Jacometrezo; a García Herreros, en la plazuela de Celenque, y en diversos sitios que no recuerdo, a Quintana el Seminarista, a Feliú, Villanueva, Muñoz Torrero,

Cano Manuel, Álvarez Guerra, O-Donojú, Capaz, Cuartero, a los cómicos Máiquez y Bernardo Gil, sin omitir al célebre *cojo de Málaga.*

¡Oh, vil caterva de charlatanes! ¡Y qué bien os llegó vuestro San Martín! ¡Y con qué oportunidad y destreza fueron burladas vuestras malas artes y destruidos vuestros execrables planes! Mala peste os consuma, y demos gracias a Dios que nos deparó el remedio contra vuestra perfidia en la férrea mano de Eguía. Ni qué falta hacían en el mundo vuestros heréticos discursos, ni a cuenta de qué venía esa endiablada Constitución... ¡Ay! Aquella noche las almas se desbordaban de gozo, viendo destruida la infame facción, muerta la herejía, enaltecido el sacrosanto culto, restaurado el trono, confundidos volterianos y masones. Yo no cesaba de dar gracias a Dios por lo bien que conducía desde su celeste altura la empresa, y siempre que salíamos de una madriguera para entrar en otra, asegurado ya uno de los abominables delincuentes, me santiguaba devotísimamente, poniendo los ojos en el cielo, para que ni por un instante nos desamparase la bondad divina en tal trance, y llegáramos al fin de la jornada sin tropiezo alguno.

A medida que iban cayendo los llevábamos a la cárcel de la Corona y al cuartel de Guardias de Corps o a San Martín, donde quedaban encerrados. No se les dejó papel que no se guardase para dar luz sobre los procesos que se les iban a formar, porque habría sido en verdad lastimoso que las picardías de tanto malsín no tuviesen comprobación cumplida en los autos, para que a nadie quedase duda de sus maldades. Pues digo... Si no se hubiera tenido mucho cuidado de cogerles los papeles, la justicia habría tenido que romperse los cascos para inventarlos después, lo cual es tarea larga y que da larga fatiga y quita mucho tiempo a los señores de la Comisión de Estado.

Siempre me acordaré de la insolencia de los diputadillos, que en vez de echarse a llorar y pedirnos perdón cuando les prendíamos, nos miraban con altaneros ojos, afectando una serenidad tranquila, propia de justos o inocentes, y expresándose en tales términos, que al oírles, ¡mal pecado!, parecía que no habían roto plato ni escudilla. Quien les viera, creyéralos a ellos jueces y a nosotros ladrones en cuadrilla, trocados los papeles, y convertidos los ajusticiadores en ajusticiados. Viendo tan descarada desvergüenza, no me pude contener, y a varios de ellos les dije cuatros frescas bien dichas y dos docenas de verdades como puños, siendo tal su cobardía, que no se atrevieron a contestarme, ni aun siquiera a soportar el mortífero rayo de mis ojos.

Yo les veía pasar de sus casas a las cárceles, y siempre me parecían pocos. Hubiera deseado que aquellos bergantes se multiplicaran para que fuese más grande el esplendor de la hazaña que estábamos consumando. ¡Oh!, ver a Madrid limpio de liberales, de gaceteros, de discursistas, de preopinantes, de soberanistas, de republicanos, de volterianos, de masones... ¡Esto era para enloquecer al menos entusiasta!

Llegaste al fin, ¡oh día 11 de mayo, y tus primeras luces vieron al devoto pueblo de Madrid corriendo por las calles como impetuoso río, sin que ningún dique bastase a contener las desbordadas olas de su gozo! ¡Oh, qué pueblo! ¡Y cómo gritaba celebrando el acabamiento de la tiranía! ¡Y con cuánto amor invocaba al Dios Todopoderoso y a su Santísima Madre, llevando en triunfo a los benditos frailes y arrastrando por las enlodadas calles las sacrílegas imágenes de la libertad, que exornaban el palacio del charlatanismo; arrancando la lápida de la Constitución y cuantos letreros y signos y figuras, recordasen la conjurada borrasca!... De seguro lo pasaran mal los señores encarcelados, si por acaso les echara la zarpa el discreto y sapientísimo vulgo. Hubo quien a grito herido pidió que se permitiera al pueblo hacer justicia por sí mismo en la ruin persona de los orgullosos caídos, pero la cosa no pasó de aquí.

Por mi parte trabajé en aquel día más que en otro alguno de mi vida. ¡Virgen de las Angustias! ¡Qué idas y venidas, qué mareo, qué ansiedad!... Solo por causa tan santa y por el inextinguible amor del inocente Fernando, puede un hombre molerse y descoyuntarse como yo lo hice aquel día, con los hígados en la boca durante diez horas, sin dar paz a los pies ni a la lengua, ora arengando a estos, ora recomendando a los otros lo que habían de hacer, disponiendo y ordenando, conforme a la voluntad de mi patrono y de otros personajes de viso que andaban en el negocio.

¡Jesús, María y José! Flojita era la tarea en gracia de Dios... Al más pintado se la doy yo, seguro de que a la mitad de la jornada desfallecería, como no recibiera del cielo broncíneas piernas y garganta de acero. Ahí es nada... Era preciso ir repartiendo dinero por los barrios bajos y convocar a determinados individuos de la majería, cuidando de andar con mucho pulso en lo del distribuir, porque a mucho que se abriera la mano, no quedaba nada para el repuesto del comisionado. Asimismo era indispensable ir de taberna en taberna y de garito en garito, contratando gente; avistarse con el tío Mano de Mortero, con Majoma y otros próceres del Rastro, para encomendarles delicadas comisiones, de esas que solo a delicadísimos entendimientos pueden fiarse. También había que avisar a los padres franciscanos y agustinos, que estaban ocultos, para que saliesen a arengar a la muchedumbre; hacer correr noticias falsas de conspiraciones fraguadas por los revolucionarios; con otros muchos menesteres y ocupaciones que habrían rendido el organismo más fuerte y desquiciado el más sólido entendimiento y la más firme voluntad. Pero ¿de qué sirve la fe, si no es para hacer prodigios? Por la fe los hice yo en aquel memorable día; por la fe tuve cuerpo y alma y sentidos e ideas para tantas cosas; por la fe hice más yo solo que veinte compañeros encargados de iguales trapisondas.

Recordando aquel día y mi cansancio, el alma se me inunda de frenético gozo. Habíamos vencido a la infame pandilla, a un centenar de deslenguados charlatanes; les habíamos vencido sin más auxilio que un ejército y la autoridad del Rey, acompañado de la grandeza, del clero, de las clases poderosas; habíamos triunfado en sin igual victoria, y la monarquía absoluta, tal como la gozaron con pletórica felicidad nuestros bienaventurados padres, estaba restablecida; habíamos pisoteado la hidra asquerosa del democratismo extranjero, de la inmunda filosofía, devolviendo al trono su esplendor primero y a la autoridad real el emblema de su origen divino; habíamos derrotado a la impiedad, sacando a la religión sacrosanta de la sombra y abatimiento en que yacía; habíamos realizado una maravilla; habíamos sido los soldados de Cristo; sentíamos en nuestro pecho el aliento divino, y el regocijo de la bienaventuranza enardecía nuestras almas.

«¡Noche del 10 de mayo! —decía el padre Castro en su inolvidable *Atalaya*—. ¡Ah, tú serás contada entre los días más solemnes que vio el mundo!... Españoles, alabemos y ensalcemos al Señor: que nuestra lengua no cese de cantar sus misericordias.

»Sí, españoles: *Confitemini Domino quoniam bonus, quoniam in sæculum misericordia ejus.* Los principales cabezas de esta rebelión están ya presos en la capital y en las provincias. La sabiduría de nuestro idolatrado FERNANDO ha sabido combinar de tal modo los caminos de nuestra futura dicha, que es menester confesar que el Señor está en él. En un mismo día y en una misma hora han sido sorprehendidos todos estos verdugos de nuestra patria, y su exemplar castigo será la garantía más segura de nuestra perpetua felicidad. *Confitemini Domino, quoniam bonus, quoniam in sæculum misericordia ejus.* Españoles, alabad y bendecid al Señor. Nuestra patria es ya feliz: ya reina FERNANDO.»

¡Sí, ya reinan Dios y Fernando!

III

¡Alabado sea el Santísimo Sacramento del Altar!... Señor, ¿con qué lengua cantaré tus alabanzas? ¿Qué palabras hay que no sean pálidas y frías para expresar mi gratitud? En la humildad nací, y del muladar de mi oscura condición sacome tu mano poderosa para llevarme a los dorados alcázares, donde las grandezas humanas dan idea de las grandezas divinas. Mi corazón se estremece de gozo al recordar mi primer paso por la dorada senda.

Era un domingo; habían pasado algunos días después de la entrada del Rey; funcionaba ya el nuevo ministerio; habían levantado su majestuosa cabeza, coronada con los laureles de cien siglos, el Real Consejo y Cámara de Castilla y la Sala de alcaldes, cuando don Buenaventura (algún nombre he de dar a mi protector para que se le distinga entre los individuos de que haré mención), me llamó a su despacho, y melifluamente me habló así:

—Dime, Braguitas, en cuál oficina quieres colocarte, pues ya he dado tu nombre al ministro, y no falta más que saber tu deseo para satisfacerle al punto.

—Señor —repuse—, como vayan por delante los veinte mil reales que Vuecencia me ha prometido, lo demás es cuestión secundaria. Sin embargo, mis aficiones...

—Ya sé que tú te inclinas a la Real Hacienda. Vas a lo positivo. ¿Te convendría la Caja de Amortización, los Pósitos, la Revisión de juros?...

—Iré, si Vuecencia no lo toma a mal, a Paja y Utensilios.

—Corriente... Mañana mismo tendrás tu nombramiento... Dime, ¿has llevado la carta a las monjas Bernardas?

—Desde esta mañana.

—¿Me has limpiado las botas?

—Están como espejos.

—Bueno: antes de marcharte, pídele a doña Nicanora los calzones y la casaca que te prometí ayer. Con un poco de obra quedarán ambas prendas como nuevas... Ahora necesitas cierta ostentación, Juan: es preciso que te presentes como corresponde a un señor oficial segundo de Paja y Utensilios, y lo primero que has de hacer es dar las gracias al señor ministro...

—¿Las gracias?

—Seguramente. Ganabas 5.000 rs. En las covachuelas de la secretaría de Gracia y Justicia, y de golpe y porrazo pasas con 20.000 a Paja y Utensilios...

Mortificado por mi dignidad, un poco ofendida, permanecí en silencio; pero el insigne repúblico debió de adivinar mis pensamientos con su seguro tino, y me dijo:

—¿Qué, no estás contento todavía? No sé en qué piensan los muchachos del día... Ya se ve... los tiempos que corren y los escándalos de estos últimos años han despertado las ambiciones de tal modo... En mis tiempos, lo que hoy se te da equivalía a un arzobispado de los de mejor renta.

—No me quejaré —repuse humildemente—, porque es propio de mi condición no pedir nada y aceptar lo que me dan; pero... Si han de acomodarse las recompensas a los merecimientos...

—¡Tus merecimientos! —exclamó su señoría con desdén—. ¿Cuáles son? ¿Qué letras has cursado, perillán? ¿Qué tratados de materia jurídica o teológica has escrito? ¿Qué servicios has prestado a la administración, bergante? ¿Qué ejércitos acaudillaste, zopenco, ni qué Rey te debió la corona?

—Sobre eso hay mucho que hablar, señor don Buenaventura de mi alma —respondí con brío—. Si a todos se repartiera por igual no me quejaría; pero se están viendo improvisaciones escandalosas. Ahí tiene usted a Antonio Moreno. ¿Qué era hace un mes?, ayuda de peluquero, pues ni siquiera podía llamarse maestro peluquero. ¿Qué es hoy?... Consejero de Hacienda.

Don Buenaventura calló. Le dejé suspenso y absorto.

—Es verdad —dijo al fin—. Ya lo sabía... pero eso no tiene nada de particular. Antonio Moreno era... un excelente profesor de cabezas... No debe olvidarse que en Valencia sirvió de amanuense cuando se redactó el célebre decreto del 4.

—¡Consejero de Hacienda! —exclamé yo alzando los brazos—. ¡Consejero de Hacienda un vil peluquero!

—Pero a nosotros ¿qué nos importa? Allá se las compongan... Dime tú, ¿qué pedazo de pan nos quitan de la boca haciendo a Moreno consejero? Además, el honor de haber redactado tan sublime documento, merece perpetuarse con una posición decente... ¿Qué piensas? ¿Qué opinas? ¿Por qué has hecho ese gesto de monja escandalizada cuando he nombrado el decreto del 4 de mayo? ¿No te gusta? ¿No te parece categórico? ¿No lo crees una obra admirable y que nada deja que desear?

Yo callaba, porque mil dudas y desconfianzas ocupaban mi espíritu.

—No puede escribirse nada más contundente —continuó don Buenaventura leyendo un papel— que el párrafo en el cual se declara «aquella Constitución y decretos nulos y de ningún valor ni efecto, ahora ni en tiempo alguno, como si no hubiesen pasado jamás tales actos, y *se quitaran de en medio del tiempo*...» Está dicho todo, y con tales palabras bastaba.

—Esa es mi opinión. Con eso bastaba. Pero más arriba, el Rey, obedeciendo a pérfidas inspiraciones, ha dicho que aborrece el despotismo, que convocará Cortes, que establecerá la seguridad individual, con otras zarandajas que o mucho me engaño, o son el primer paso para volver a las andadas, mi señor don Buenaventura.

—Pero ven acá, majadero impenitente, ¿cuándo has visto que tales fórmulas sean otra cosa que una satisfacción dada a esas entrometidas naciones de Europa que quieren ver las cosas de España marchando al compás y medida de lo que pasa más allá de los Pirineos? Ríete de fórmulas. No se pueden hacer, ni menos decir las cosas tan en crudo que los afeminados cortesanos de Francia, Inglaterra y Prusia se escandalicen. ¡Reunir Cortes! Primero se hundirá el cielo que verse tal plaga en España, mientras alumbre el Sol... ¡Seguridad individual! ¡Bonito andaría el reino, si se diesen leyes para que los vasallos obraran libremente dentro de ellas, y se dictaran reglas para enjuiciar, y se concedieran garantías a la acción de gente tan ingobernable, díscola y revoltosa! El Rey, sus ministros y esos sapientísimos y útiles Consejos y Salas, sin cuyo dictamen no saben los españoles dónde tienen el brazo derecho, bastan para consolidar el más admirable gobierno que han visto humanos ojos. Así es y así seguirá por los siglos de los siglos... ¿Eres tan tonto, que crees en manifiestos de reyes? Como los de los revolucionarios, dicen lo que no se ha de cumplir y lo que exigen las circunstancias. Bajo las fugaces palabras están las inmóviles ideas, como bajo las vagas nubes las montañas ingentes, que no dan un paso adelante ni atrás. Las nubes pasan y los montes se quedan como estaban. Así es el absolutismo, hijo mío; sus palabras podrán ser bonitas, rosadas, luminosas y movibles; pero sus ideas son fijas, inmutables, pesadas. No mires lo de fuera sino lo de dentro. Estudia el corazón de los hombres y no atiendas a lo que articulan los labios, que siempre han de pagar tributo a las conveniencias, a la moda, a las preocupaciones...

Don Buenaventura se expresaba con calor. No me atreví a contestarle, y mis pensamientos se acomodaron a los suyos, como sucedía casi siempre que hablábamos de política.

—¡Ah!, se me olvidaba una cosa —exclamó después de breve pausa—: ya he dicho al ministro que te exima durante algunos días de ir a la oficina. Es preciso que me ayudes en este delicado negocio que tengo entre manos... Ya sabes que Su Majestad me ha nombrado fiscal de la comisión de Estado que ha de sentenciar a los presos de la noche del 10.

—Tarea fácil, a mi modo de ver, mientras no desaparezcan del mapa Melilla, Ceuta y el Peñón.

—Eres excesivamente ejecutivo. No puede hacerse la distribución, sin fundar en algo los castigos. Es preciso buscarle el pelo al huevo, como suele decirse, registrar papeles, sacar de ellos la quinta esencia de la maldad, llegar testigos aunque sea en las entrañas de la tierra, estrujar los autos hasta que destilen la amarga hiel de la evidencia, cumplir en todas sus partes la larga serie de procedimientos que son gloria de nuestra jurisprudencia, y en fin, *hacer* los procesos de tal modo que no les falte ni una tilde y aparezcan en toda su horrible desnudez las necesarias maldades de esos hombres.

—Con el plan de república (algo más verosímil que el de la Iberiana), revelado por el padre Castro en su *Atalaya* —repuse— bastará para *hacer* las más lindas causas que se han visto en tribunales españoles.

—A eso vamos. La *Confederación* descubierta por el Atalayero es ingeniosa. Además, algunos testigos han hecho declaraciones de perlas.

—El conde del Montijo...

—Asegura que los liberales formaron causa al Rey en un café de Cádiz y le condenaron a muerte.

—Ostolaza...

—Ha delatado los *pensamientos* de sus compañeros de Cortes, asegurando que querían deshonrar al Rey, con otras preciosísimas afirmaciones que constituyen un verdadero tesoro.

—La persecución del obispo de Orense y del marqués del Palacio, así como el destierro del nuncio señor Gravina, son materia abundante.

—Abundantísima.

—Bien sabemos todos que Mejía dijo en las Cortes *que no existe Dios*; Argüelles, *que no debían obedecerse los preceptos de la Iglesia.*

—Feliú dijo, *que la religión era una farsa...*

—Y Arispe afirmó, que la grandeza española *tenía sangre de perro.* Bien mirado, el testigo más explícito, más claro, es el archivo y las actas de las Cortes.

—Sin duda. ¿No está allí escrito que el danzante de Martínez de la Rosa propuso fuera condenado a muerte el que propusiese adición o reforma en la Constitución de Cádiz?

—Recuerdo perfectamente su pedantesco discurso del 21 de abril, en que decía que *los pueblos deben darse ellos mismos las leyes fundamentales.*

—También yo tengo buena memoria —añadió don Buenaventura—. Habló mucho de *derechos imprescriptibles,* y concluyó así: *Se acabaron nuestras desgracias. Ya reinan las leyes...*

—Que es como decir *que no reinará el Rey* —afirmé, tomando un polvo que don Buenaventura me ofreció.

—¡Y qué más, mi querido Bragas! ¿No consta en el libro de las sesiones la abominable expresión de Canga Argüelles?

—*Que estaba pronto a derramar la última gota de su sangre en defensa de la Constitución.*

—Así mismo lo dijo.

—No recuerdo bien cuál de ellos aseguró que *destruidos los conventos, se cortan las fuentes que mantienen las preocupaciones y cuentos de viejas.*

—Page, el mismo que expresó la opinión de que *es delito de lesa majestad llamar* SOBERANO *al Rey...* ¿No fue Istúriz quien dijo aquellas palabrotas?...

—Sí, ya recuerdo. *Hoy somos ciudadanos de una gran república, aunque bajo las formas características de la monarquía; el Rey no es nuestro señor, es nuestro jefe, porque queremos y de la manera que queremos que lo sea, y nada más.*

—Admirable memoria tienes —dijo don Buenaventura, tomando la pluma—. Voy a apuntar eso. Se confrontarán las *Sesiones*.

—No olvidará usted los méritos y servicios de Gallardo. Fue el que estampó en letras de molde, *que los obispos debían echar bendiciones con los pies, colgados de una cuerda.* Ahora recuerdo también que Ramajo, redactor de *El Conciso*, amenazó al Rey con la venida de Carlos IV, si no juraba la Constitución.

—Deliciosísimo, amigo Bragas. Tras los diccionaristas y gaceteros, viene la pestilente chusma de poetas, a quienes es preciso también poner como nuevos. Ahí tienes por ejemplo, a Sánchez Barbero...

—El autor de aquellos versitos:

De independencia y libertad gozamos,
Y monarca, no déspota, juramos.

—Yo también me acuerdo, yo también —exclamó con júbilo mi amigo—. El infame bibliotecario de San Isidro se despachó a su gusto en estas endechas:

El fanático error vencido cede,
Y la sin par *Constitución* sucede;
Constitución resuena
Doquiera ya: *Constitución* inflama...

¡Ya te inflamarán a ti!... ¡Miserables poetas, se os ha acabado el *doquiera*! Encerraditos en Melilla, podréis cantar la *soberana*.

—Muñoz Torrero —añadí, gozoso de poner mi retentiva al servicio del Estado—, fue el que dijo que la soberanía de la nación es *taba en las Cortes*, lo cual es como poner a la burra las arracadas.

—Justamente. Y *que las personas de los diputados eran inviolables*. ¡Inviolables el veneno de la serpiente y la lengua del escorpión!

—Pues ¿y García Herreros? Fue el que tuvo el atrevimiento de asentar que *los reyes están sujetos a las leyes que les dicta la nación.*

—*Y que la ley es superior al Rey*, lo cual es como decir que la espuela gobierna al jinete.

—Casi todos ellos firmaron el decreto de 2 de febrero, en el cual se dijo que *no se conocería por libre al Rey, ni menos se le prestaría obediencia, hasta que él prestase juramento a la Constitución.*

—Gutiérrez de Terán firmó como secretario el manifiesto de 19 de febrero, que era la segunda parte del tal decreto.

—Y Martínez de la Rosa, o sea el *señor Bello Rosal*, como le llama *La Abeja*, lo escribió.

—Y Feliú lo leía a voz en cuello en los cafés.

—Adonde iban a emborracharse.

....

Don Buenaventura tomaba apuntes, demostrando a cada nueva adquisición cierta alegría pueril. Como hombre que en el cumplimiento de sus deberes y en el servicio del Rey y del Estado ponía su alma toda entera, sin proceder jamás de ligero en ningún asunto grave, allegaba cuantos datos pudieran ilustrar su entendimiento en materia tan ardua, y con ansiedad de avariento los iba guardando. El buen señor se veía precisado a sentenciar a muerte o a presidio a unos cuantos malvados, y no pudiendo hacerse esto rectamente sin pruebas, las buscaba para que aquellos infelices no fueran al patíbulo sin saber por qué. ¡Tunantes! ¡Cuándo merecieron ellos tropezar con varón tan justo, tan humanitario y compasivo como aquel! ¡Ni cómo habían ellos de soñar que, merced a los cristianos sentimientos de tan ejemplar magistrado, enemigo del derramamiento de sangre, se verían galardonados, como quien dice, con unos cuantos años de presidio, en vez de la horca que merecían!

Más adelante se sabrá su destino; que ahora no puedo levantar mano del trabajo de mi propia historia, en la cual ocupan lugar muy preferente los sucesos que se verán a continuación.

IV

Siempre fui hombre que lo mismo servía para un fregado que para un barrido, y de tanta actividad, que solapadamente me multiplicaba, esclavo de diversas y contrapuestas obligaciones, atento siempre al servicio del Estado y a mi propio interés, como Dios manda, vigilante y despierto en todos los momentos de la vida para que ninguna ocasión de ganancia se me escapase, y con cien ojos puestos en el panorama de los acontecimientos para sacar de ellos provecho. Así es que ayudaba a don Buenaventura en sus quebraderos de cabeza dentro de la comisión de Estado, y servía mi plaza en Paja y Utensilios, mereciendo plácemes sinceros del jefe, y no poca envidia de mis compañeros. En poco tiempo supe conquistar la amistad de muchos personajes eminentes de aquella era feliz, tal como don Blas Ostolaza, espejo de los predicadores, confesor del infante don Carlos y hombre de muchísimo influjo, don Pedro Ceballos, don Juan Lozano de Torres, don Juan Pérez Villamil, célebre por lo de Móstoles, don Pedro Labrador, el incomparable diplomático que en el Consejo de Viena dejó pasmados a todos los embajadores de las grandes potencias, don Miguel de Lardizábal, ministro de Indias, el gran magistrado don Ignacio Villela, el señor Vadillo, alcalde de Casa y Corte, y otros muchos individuos tan insignes, tan eminentes, que bien podía decirse de ellos que tenían las cabezas podridas de talento.

Como yo era tan entrometido, fácilmente ensanchaba el círculo de mis amistades, unas veces solicitando favores con tal empeño, que me los concedían porque me quitase de encima, otras prestando los pequeños servicios que de mi reducido poder dependían... Pues digo... Cuando alguno de aquellos señorones venía a mi oficina, a la inmediata de Rentas decimales (donde yo tenía tantos amigos) o a otra cualquiera de las del ramo, a solicitar reservadamente que se hiciera perdidizo un miserable expedientillo de Propios o de Arrendamiento de oficios... vamos... Aquello era una bendición. Viendo que yo abría la mano y no me hacía de rogar, siempre que se trataba de poner mi firma en un *Cargo y Data*, enviado por el alcalde, por el contratista o por el recaudador, me traían en volandas. ¿Qué le importaba a la nación que se escurrieran entre los papeles algunos disimulados sapos y culebras, o que se variara con caligráfica ingeniosidad un par de números, siempre que quedase contento aquel o el otro empingorotado repúblico, cuyo bienestar importaba tanto al Estado? ¡Pues no faltaba más, sino que por no hacer el gusto a un regidor amigo o a un alcabalero pariente, se sofocara uno de aquellos esclarecidos varones, y revolviéndosele los humores, perdiera la salud, tan necesaria al buen servicio y esplendor de la monarquía!

Unas veces era preciso conseguir una moratoria de diez años para que tal o cual duque no se viese importunado por los estúpidos de sus acreedores... Otras veces había que beber los vientos para conseguir que el fuero del Honrado Concejo amparase a Fulanito, en cuyo caso, y mientras aquel decidiera, este no tenía que apurarse por la fruslería del pago de sus arrendamientos... Pues ¿y cuando había que conseguir de la sala de alcaldes una provisioncita para que en tal o cual pueblo se repartieran los oficios dos o tres individuos de una familia, de modo que por ser hermanos el alcalde, el secretario, el escribano y el procurador síndico, no había la más mínima disputa en el arreglo del común? —Existiendo estos asuntillos, era necesario entonces tener en Madrid un amigo listo y de mucha mano en las oficinas, para que volviese lo blanco negro y lo verde encarnado en las cuentas, para que visitase a algún señor del Consejo y con él se entendiese; que si no, capaz era el tal Consejo de darse de calabazadas por averiguar dónde se había escurrido algún terreno baldío rematado en tiempo de los franceses...

También solían ocuparme los señores de Madrid y muchos de provincias en diversos negocios referentes a Tercias Reales, a ciertos atrasillos de Alcabalas, a compaginar las cuentas del receptor de bulas de tal pueblo para que no apareciesen distintas de las del alcalde, a resucitar cual expediente de Manda Pía forzosa, añadiéndole un par de planas a la antigua, tan diestramente imitadas que ni aun les faltaba la polilla... ¿y para qué cansar más?... Ocupábanme en todo lo que fuese del mangoneo subterráneo de las oficinas, pues yo, por mi índole rebuscona, mi carácter dulce y la prodigiosa facultad de insinuación que me otorgó Natura, había establecido una red oculta, una multitud de hilos de connivencia tendidos de covachuela en covachuela y de despacho en despacho, con tal arte que nada me era difícil.

Verdad es que algunos envidiosos dieron en decir que se deshonraban teniéndome a su lado, y hasta se susurró que Su Excelencia quería echarme a la calle... (ya se hubiera tentado la ropa antes de hacerlo); pero yo tenía muy buenos asideros en la administración y de todo me burlaba. Antes hubieran movido de sus graníticos cimientos el Escorial que moverme a mí de mi silla en Paja y Utensilios. Como que mis calumniadores eran unos pobres papanatas que a penas sabían hacer otra cosa que el trabajo material de su oficina, y así era de ver el mal trato de sus casas, pues muchos de ellos no tenían camisa que poner a sus chiquillos. En cuanto al aspecto de sus rostros y personas, daba grima verles, según estaban de rotos, descomidos y trasijados, y no podía uno menos de avergonzarse al pensar qué idea formarían de la administración española los extranjeros que acertaran a conocerles.

Mi casa, por el contrario, era una tierra de promisión. ¡Bendito sea Dios que a nadie desampara! Tan pronto venía la caja de dulce como la tarea de chocolate macho, ora las sartas de chorizos, ora un par de jamones: el plato de leche no faltaba nunca en las solemnidades, ni el par de capones en 24 de julio... En fin, aquello parecía una colmena. Tanto iba creciendo mi clientela y buena suerte, que me ocurrió poner una agencia de negocios. Había que ver cómo me solicitaban damas, oficiales, canónigos, marquesitos, ¿qué digo?... ¡hasta un señor obispo me honró con su confianza! Mi nombre fue bien pronto conocido en todo Madrid, quizás en todo el reino y sus Indias; transformose mi persona; me sentí crecer, ¡oh!, crecer hasta sobresalir por encima de las eminencias cortesanas; vi bajo mis pies a muchos de carroza y venera, miré cara a cara el Sol de la grandeza y del poder, y la ambición empezó a morderme las entrañas, ¡pero qué ambición y qué entrañas las mías!

Entre tanto, mi don Buenaventura seguía enredado con los procesos, sin acertar a despacharlos. Las causas eran un embrollo estúpido, y en ellas no constaba nada positivo ni terminante, por lo cual los tontainas de la comisión de Estado no acertaban a condenar a muerte a ningún diputadillo. Lleno de ansiedad el Rey porque se hiciera pronta justicia, nombró una segunda comisión de Estado, y como esta se atascara también, fue preciso designar la tercera, hasta que el gobierno se cansó de comisiones que nada hacían, y supo dictar por sí aquella saludable medida que cortó de plano la cuestión. Hízolo, si se quiere, por humanidad, pues a los infelices diputados que se estaban pudriendo en las fétidas mazmorras de Madrid, les venía bien tomar los salutíferos aires de Melilla y el Peñón por ocho o diez años.

Y no se crea que un Rey tan recto y tan celoso por el buen gobierno, se dormía en las pajas. Él mismo extendió de su real puño una orden, disponiendo que el señor Argüelles no se moviese de Ceuta, durante ocho años, sin duda porque así convenía a la quebrantada salud del Divino asturiano.

Este decreto contra los diputados y el que en 30 de mayo de 1814 se dio contra los afrancesados que estaban en la emigración, además de sus ventajas como contra-veneno del constitucionalismo, ofreció el inestimable beneficio de librarnos de toda la plaga de literatos, poetas y prosadores, que desde años atrás habían empezado a infestar al país.

—Pues no sé... ¡si no andan listos nuestros gobernantes, buenas se hubieran puesto las cosas! De seguro que Moratín nos habría aturdido con sus comedias y Meléndez con su pastoril caramillo, y Gallego con su retumbante trompa. De fijo que Quintana y Sánchez Barbero y Burgos y Lista y Tapia y Martínez de la Rosa habrían lanzado sobre la afligida nación un diluvio de obras poéticas de diversos géneros, teniendo después el descaro de pretender que el público se las pagara en época de tan poco dinero. También conde y Toreno nos hubieran mareado con sus historietas, y Antillón y Ciscar con sus obras científicas, soliviantando a la nación y metiendo ruido, para que los españoles despertaran del plácido letargo sabroso en que por fortuna vivían entonces.

A fin de establecer en todo el país aquella calma perfecta y absoluta, que es condición precisa para que puedan lucirse los buenos gobernantes, fue preciso encausar a muchos que no habían sido diputados, ni literatos, ni siquiera poetas, sino simples particulares oscuros, aunque cargados de crímenes nefandos. ¡Si era cosa que daba horror oír contar las maldades de aquella gente!... Hubo quien conversando en los cafés, en círculo de amigos, habló mal del despotismo. Me acuerdo de la causa formada al brigadier Moscoso *por no haber desplegado los labios* mientras otros oficiales elogiaban la Constitución... Vamos, si no se puede uno contener tratando de esto. Bien hizo el fiscal en pedir para Moscoso la pena de muerte, porque el deber de este era reprender a los desvergonzados oficiales... ¿Pues y los muchos a quienes se formó sumaria y fueron a Ceuta por haber escrito en los papeles públicos en tiempo de la Constitución, o por haber sido partidarios de ella, a pesar de que nunca dijeron «esta boca es mía»?... Nada, nada se les escapaba a aquellos benditos señores de la comisión de Estado, y de ellos puede decirse que se excedían a sí mismos y hacían los imposibles por la rápida y eficaz administración de justicia.

Verdad es que tenían en su auxilio a multitud de patricios vehementes que delataban sin cesar a los pícaros, refiriendo lo que oyeron tres años antes y descifrando minuciosa y hábilmente el pensamiento de tal o cual persona. La delación ¡ay!, no era cosa fácil, sino muy trabajosa y comprometida, porque había de meterse en las casas fingiéndose amigo, interceptar cartas en el correo, seducir a los criados, engañar a los tontos y llevarles a los cafés, excitándoles a hablar; en fin, era obra difícil, a la cual solo podían hacer frente la mucha fe y el desmedido amor al Monarca.

No se crea que este dejó sin premio tan grandes virtudes y la abnegación de aquellos leales sujetos que olvidaban los menesteres de sus casas para meterse en las ajenas, no; aquel sabio gobierno premió largamente a los delatores, dando a unos el privilegio de abastos de tal villa; a otros una plaza de fiel de matanza; a Fulano una procuraduría; a Zutano un oficio enajenable, etc., etc.

Lo más notable es que no se vio en aquellos días ninguna ejecución de pena capital, pues ni el mismo *Cojo de Málaga* llegó a bailar en la cuerda, como lo tenía dispuesto el gobierno en castigo de haber alborotado y aplaudido en las tribunas públicas de las Cortes. Delito tan feo, tan contrario a los fueros de la nación, a la dignidad del Rey y a la fe católica exigía expiación durísima, y un castigo ejemplar que sonase en todos los ámbitos de la tierra española. El pueblo estaba furioso contra el *cojo*, el clero escandalizado, los patricios muertos de impaciencia porque de una vez y sin pérdida de tiempo desapareciese de entre los vivos el inmundo reo; pero ved aquí que el embajador de Inglaterra (son los extranjeros muy amigos de farandulear) se interpuso, rogó, suspiró, aun dicen que amenazó, hasta que nuestro Rey, no queriendo malquistarse con la Gran Bretaña por un cojo de más o de menos, le conmutó la pena capital por la de presidio indefinido. La suerte fue que cuando llegó la orden, ya estaba Pablo Rodríguez con un pie en el cadalso y había tragado lo más amargo de la alcuza. Quien más perdió fue el pueblo, que ya contaba por segura la ejecución y se quedó a media miel.

Tampoco subió al cadalso doña María Villalba, señora de mucha bondad y hermosura, según decían. Sí, ¡buena sería ella!... ¿Qué puede pensarse de una dama que cometió la felonía de escribir en confianza a cierta amiga, contándole algunos lances amorosos del Rey?... Afortunadamente el gobierno de entonces tenía la gracia de que no se escapaba en correos una pícara carta que contuviese algo importante... ¡Y la doña María se quedaría tan fresca, creyendo que su gran crimen no iba a ser descubierto! ¡Véase si vale de mucho el ojo diligente de la administración; véanse las ventajas de una estafeta celosa del bien público! Los buenos gobiernos han de estar en todo, y meter la cabeza hasta dentro de las faltriqueras de los gobernados, porque si no... ¡No faltaba más sino que cada uno pudiera escribir lo que le diese la gana, y después encargar al gobierno la comisión de llevarlo!... En fin, doña María Villalba fue puesta a la sombra, y si conservó la vida, fue porque se movieron en pro muchas personas de influencia y todo Madrid se puso sobre un pie.

Pero todo no había de ser blanduras, porque en aquellos días restablecimos la Inquisición.

V

Restablecimos: permitidme que hable en plural. Yo tenía derecho a ello desde que logré meter mi cucharada en la tertulia del infante don Antonio. ¡Quién me había de decir que me vería en tales excelsitudes, mano a mano con gente nacida de vientre de reinas! Parecíame mentira, y me causaban admiración mi propia persona, mis propias palabras. Sin quererlo me hacía cortesías a mí mismo. Aprendí a vestirme con elegancia, y los que me habían conocido meses antes, se asombraban de mi transformación.

Antes de dar a conocer la tertulia del infante, enumeraré la serie de relaciones que me condujeron a palacio.

Desde que comencé a hacerme hombre de pro, solía visitar a las señoras de Porreño, una de ellas hermana del señor marqués de Porreño, que había muerto poco antes, hija del mismo la otra, y sobrina la tercera. Aquella casa, que ya venía muy agrietada desde el siglo anterior, estaba a punto de hundirse completamente, por cuya razón las tres excelentes señoras necesitaban buenos amigos que les ayudaran con amena tertulia y delicado trato a conllevar las pesadumbres de su lamentable decadencia.

En casa de estas señoras conocí a don Blas Ostolaza, confesor del infante don Carlos y predicador de palacio, hombre de los más eminentes que han vivido en España. Eclesiásticos como aquel debieran nacer aquí todos los días, y aunque saliera uno detrás de cada piedra, no estaría de más. Él fue quien felicitó a Fernando desde el púlpito por el restablecimiento de la Inquisición, diciéndole: «Apenas ha vuelto V. M. De su cautiverio, y ya se han borrado todos los infortunios de su pueblo. La sabiduría y el talento han salido a la pública luz del día, y se ven recompensados con los grandes honores; y la religión sobre todo protegida por V. M., ha disipado las tinieblas, como el astro luminoso del día.»

Él fue quien escandalizó en las Cortes de Cádiz por su frescura olímpica, que hacía reír a la gente de las tribunas; y como mi hombre tanto a los *galerios* como a los diputados les aporreaba a verdades, cada vez que hablaba todo Cádiz se ponía en movimiento. La fama de estas hazañas, así como la de sus mortíferos discursos, corrió por toda España, de tal suerte que cuando Su Majestad volvió de Valencey, estuvo en un tris que me lo hiciera obispo.

Él fue quien durante las causas de que antes hablé, reveló los *pensamientos* de sus compañeros de Congreso en las sesiones secretas. Eso sí, tenía mi don Blas una memoria asombrosa, y no dijeron los charlatanes palabrilla pecaminosa ni herética argucia que él no recordase, por lo cual su boca fue una mina de oro en aquellos benditos autos.

Era tan celoso por la causa del Rey y del buen régimen de la monarquía, que si le dejaran ¡Dios poderoso!, habría suprimido por innecesaria la mitad de los españoles, para que pudiera vivir en paz y disfrutar mansamente de los bienes del reino la otra mitad. Fue de ver cómo se puso aquel hombre cuando se restableció la Inquisición. Parecía no caber en su pellejo de puro gozo. Una sola pena entristecía su alma cristiana, y era que no le hubieran nombrado Inquisidor general. ¡Oh!, entonces no se habría dado el escándalo de que se pasearan tranquilamente por Madrid muchos tunantes que tenían casas atestadas de libros y que recibían gacetas extranjeras sin que nadie se metiese con ellos.

No solo era predicador insigne, sino que como escritor religioso bien puede decirse que Melchor Cano, Sánchez y el padre Rivadeneyra, comparados con él, ignoraban dónde tenían las narices. ¿A qué rincón de la Europa culta no llegaron sus célebres novenas, impresas con las armas reales, amén del retrato del monarca, y en las cuales, ora en prosa ora en verso, aparecían charlando barba con barba Dios y Fernando VII? ¡Válganme los cielos! Aquello era escribir, y quien no ha visto tales cosas no sabe lo que es literatura.

En tratándose de púlpito no había otro. Era cosa de estar oyéndole con la boca abierta, sin perder ni una sílaba de su pasmosa elocuencia. No le habían de pedir que hablase de los santos ni de religión, que eso era para predicadorcillos de tumba y hachero. Él, desde que ponía el pie en la grada, la emprendía con las Cortes, con los diputados, con las ideas liberales, y mientras más hablaba, aún parecía que se le quedaban dentro más vituperios que decir. En tocando este punto llevaba hilo de no acabar en tres días. La gente se aporreaba en las puertas de los templos para entrar a oírle, y... No hay que darle vueltas... ¡ni don Ramón de la Cruz con sus sainetes populares atrajo más gente! ¡Y cómo entusiasmaba a la multitud! Oíanse gritos dentro de la iglesia, y si al salir de ella hubieran topado los fieles con algún liberal, ya habría podido este encomendarse al diablo.

Fue, en verdad, grandísimo error que no le dieran la mitra que pretendió y por la cual bebió vientos y tempestades en las antecámaras de palacio. El señor Creux, a quien prefirieron, no había revelado tan fielmente como Ostolaza los pensamientos de sus compañeros los diputados. Pero no era hombre don Blas a propósito para quedarse callado ante el desaire, y volviendo por los fueros de su dignidad ofendida, habló más que siete procuradores, aderezando su charla con cierta intriga un poco subida de punto. Pero ni por esas: en vez de hacerle caso, le mortificaron más. No puede darse mayor injusticia. Llegó la crueldad hasta el extremo de alejarle de la corte, nombrándole director de la casa de niñas huérfanas de Murcia. Y lo peor es que no paró aquí la persecución del inimitable don Blas, pues ¡mentira parece!, se dijo que su conducta en el referido colegio no era un modelo de honestidad; y lo aseguraba todo el mundo, siendo tales y tan feos los casos que se contaban, que parecían pura verdad. Lo que más me confirmaba a mí, conocedor de nuestra justicia, en que don Blas era inocente, fue el ver que le formaron causa. ¡Desgraciado sujeto! Preso estuvo en la Cartuja de Sevilla, y después confinado a las Batuecas, consumiéndose de tristeza. ¡Quién se lo había de decir a él y a todos sus amigos! ¡Triste era, en verdad, considerar incapacitados aquellos grandes bríos que tenía para todo, oscurecida aquella luminosa facundia para el púlpito, imposibilitadas aquellas manos de ángel para enredar los hilos de la conspiración menuda!

De su piedad y devoción, ¿qué puedo decir sino que edificaba a todos, y especialmente al infante, de quien era director espiritual? Pues ¿a quién sino a mi amigo debió don Carlos el haber salido tan temeroso de Dios, tan fiel esclavo de los preceptos religiosos, que más que príncipe y futuro candidato al trono parecía un santo, según era de compungido dentro de la iglesia y ejemplar fuera de ella en todos sus actos y palabras? Amaba tan entrañablemente don Carlos a su confesor, que no se podía pasar sin él. Rezaban juntos por las noches, y cuando el príncipe se acostaba, Ostolaza, después de decir las últimas oraciones fervorosamente prosternado ante la imagen de Nuestra Señora, rociaba el lecho de S. A. Con agua bendita para alejar los sueños pecaminosos.

No se crea por esto que mi amigo era gazmoño ni melindroso, que esto habría sido grave falta en un hombre llamado a las luchas del mundo. Sabía perfectamente dar a cada hora su propio afán, concediendo parte del tiempo a las buenas relaciones sociales, porque igualmente se ha de cumplir con Dios y con los hombres. Por tal ley, Ostolaza, luego que dejaba a su hijo espiritual dentro de las purificadas sábanas, bien santiguado y bien rociado por banda y banda, de tal modo que en la alcoba regia podrían pasear los serafines; luego que don Blas, repito, desempeñaba así su difícil cargo, se embozaba en su capa, ya avanzada la noche, y corría a la calle, apretado por el deseo de compensar los muchos afanes con un poco de libre holganza. Yo no sé adónde iba, porque se recataba mucho de los amigos, pero es indudable que no pasaba la noche al raso, ni buscando yerbas a lo anacoreta, ni mirando al cielo como astrólogo. Lo de no querer que sus amigos le vieran a tales horas y el esconderse de ellos, se explica en varón tan meticuloso por su deseo de apartarse de los peligros que siempre traen consigo las malas compañías.

Cara redonda y arrebolada, gestos muy vivos y un modo de mirar que daba a conocer a tiro de ballesta su superioridad; cuerpo sólido; una voz campanuda y gruesa, como toda voz creada para decir grandes cosas, formaban el físico de aquel mi nuevo amigo, a quien tanto debí, y a quien hoy pago un piquillo nada más de la inmensa deuda de gratitud que con él tengo, sacándole a relucir en estas mis *Memorias*, aunque su fama no necesita tardías trompetas para sonar por todo el orbe.

¡Ay!, ya no nacen hombres como aquel. No sé qué se ha hecho del jugo poderoso de esta tierra fecunda. Generación de enanos, mira aquí los gigantes de que has nacido.

VI

Nos tratamos, como he dicho, en casa de las señoras de Porreño. Él había oído hablar de mí y deseaba conocerme. Pidiome el primer día de nuestro trato algunos favores y se los hice con el mayor gozo. No era más que emparedar ciertos expedientes de un hermano suyo, teniente de resguardo, a quien la Real Hacienda se había empeñado en mortificar impíamente por unas cuentas... ¿Pues no se le había antojado al badulaque del ministro oprimir y vejar instituciones tan honradas como las tenencias de resguardo? En fin, todo se arregló a maravilla y se acabaron los disgustos. Por mi parte nada pedí a don Blas sino que me tuviera presente en sus oraciones; pero un día sin previa solicitud, ni esperanza, ni aun sospecha, encontreme ascendido a una plaza de cuarenta mil reales en Tercias Reales.

Es que el gobierno buscaba empleados celosos, y cuando alguno llegaba a hacerse nombre en la administración, no necesitaba empeños. Llegó a mis oídos que el ministro, al ver mi nombramiento, se puso furioso, diciendo de mí cuanto la envidia y mala voluntad pueden inspirar a un ministro regañón, el cual no solo me puso cual no digan dueñas, sino que se negó a darme posesión del nuevo destino; pero la orden venía de arriba, es decir, venía de la cámara real, en forma de minuta extendida por el ayuda de cámara y firmada por ÉL... Don Cristóbal Góngora, ministro de Hacienda, bajó la cabeza y yo alcé la mía. No está demás decir que un ministro era entonces un cero a la izquierda, un secretarillo del despacho, que a veces daba compasión. No servían para maldita la cosa, y fuera del *coram vobis*, allá se iban con cualquier escribiente. Todos saben que a un célebre ministro y hombre de Estado y gran repúblico, le destituyó el Rey entonces *por su cortedad de vista*.

Llevome Ostolaza, como he dicho, a la tertulia del infante don Antonio, hijo de Carlos III y famoso por su despedida *al señor Gil* en 2 de mayo de 1808. Aquella epopeya tuvo también su bufonada. El Infante era viejo y no tenía pretensiones de buen decir, siendo su lenguaje, así como sus ideas, de hombre campechano y rudo. Hacía gala de ignorancia. Carlos III, ante quien los ayos de don Antonio se alzaron en queja, lamentando la desaplicación del niño, dijo: «*si el infante no quiere estudiar, que no estudie*», y el chico lo hizo al pie de la letra. Cuando fue grande se dedicó a los libros... quiero decir que era encuadernador.

Sí; encuadernaba primorosamente, hacía jaulas y tocaba la zampoña, artes de gran utilidad y nobleza en un hijo de reyes. Su fisonomía era inocentona, y cuantos le veían juzgábanle bueno. En su edad madura aprendió a conspirar. Conspiró en Aranjuez para echar a Godoy y destronar a su hermano. Conspiró en Valencia y en todo el camino de Valencey a Madrid para dar el golpe a la Constitución. Últimamente había descuidado la zampoña y las jaulas y metídose a repúblico, mostrándose tan entusiasta que su cuarto era, como si dijéramos, el gabinete de las piadosas relaciones o la primera instancia de las comisiones del Estado. La Inquisición restablecida, el decreto contra los afrancesados, el que dispuso la devolución a los frailes de los bienes vendidos, fueron primero ¡oh Providencia!, huevecillos que al calor de aquella reunión y bajo las alas del infante, se abrieron para echar al mundo arrogantes polluelos. ¡Cuántas medidas benéficas salieron de allí! ¡Cuántos hombres modestos y oscuros se dieron a conocer por tal medio! ¡Cuántas grandezas dio a luz la famosa tertulia, en que resplandecían astros tan brillantes como don Pedro Gravina, el célebre nuncio a quien dio los pasaportes la Regencia de Cádiz, el duque del Infantado, general que tenía la mejor mano del mundo para perder todas las batallas en que se encontraba, el famoso canónigo Escóiquiz, a quien Napoleón tiraba de las orejas, y mi buen Ostolaza, del cual ya he dicho todo cuanto hay que decir!

¡Qué hombres tan eminentes! ¡Cuán agradable era su conversación, cuán ameno su trato, sin dejar de ser provechoso, por las muchas enseñanzas útiles que a cada instante caían como celestial maná de aquellas insignes bocas! No se crea que el nuncio don Pedro Gravina nos aburría con teologías ni palabrotas de moral cristiana: por el contrario, era el hombre más salado del mundo para idear persecuciones, y su agudo ingenio nos tenía siempre con la felicitación en los labios.

El duque del I... Era otro que tal. ¡Cuántas grandezas podrían contarse de aquel insigne prócer y guerrero! Acaudillando nuestras tropas en la guerra de la Independencia, tuvo la amargura de verlas derrotadas. Como político, aunque en Cádiz le calumniaron, suponiéndole algo liberal, bien puede asegurarse que era más realista que el Rey. En 1815 ocupaba uno de los primeros puestos de la nación, la presidencia del Real Consejo de Castilla. Había que ver su llaneza en todo lo que no fuera del oficio. ¡Excelente señor! ¡Cuántas veces le vi en un palco del Teatro del príncipe, acompañado de *Pepa la Malagueña*!

En la tertulia del infante era el noticiero mayor, por lo cual siempre que entraba, decíamos: «Ahí viene la *Gaceta de Holanda*.» No faltaban nunca nuevas de importancia que nos sirvieran de placentera distracción, tales como un nuevo cargamento de presos para Filipinas o el buen éxito de las comisiones militares en provincias, y el inimitable celo con que Negrete sentaba la mano a los liberales de Andalucía.

Escóiquiz criticaba mucho al gobierno porque no era bastante enérgico y consentía que un Macanaz soñase con resucitar las Cortes, aunque vestidas a la antigua. Ostolaza y yo hacíamos un espurgo de todos, absolutamente de todos los individuos que figuraban por aquellos días. Señalábamos los que nos parecían buenos a carta cabal, los tibios o fililíes y los sospechosos a quienes precisaba quitar de en medio lo más pronto posible. Aquí era donde yo me lucía, porque se me ocurrían invenciones tan peregrinas para echar por tierra a cualquier señorón de los más trompeteados, sin hacer ruido ni ofenderle descubiertamente, que se embobaban oyéndome. Bien pronto llegué a hacerme tan importante en la pequeña corte del infante, que este mismo, siempre que se hablaba de algo referente a zancadillas en proyecto o quiebros por realizar, me miraba atentamente para conocer mi opinión antes de emitir la suya.

¡Y cuidado si era sabio el príncipe! Como que la Universidad de Alcalá le hizo doctor de golpe y porrazo, dándole patente de Aristóteles. Nombrole el Rey poco después gran almirante de sus escuadras, por cuyo motivo, aunque nunca había visto el mar, diose al estudio de la náutica, y en la conversación corriente encajaba términos de marina, diciendo con mucho énfasis: «*Las cosas van viento en popa*», o bien«*echaremos a pique a los liberales.*»

Yo crecía en favor, en importancia, en poder de día en día. Eran tantos los asuntos delicados, espinosos y resbaladizos que se me confiaban, que me vi obligado a valerme de agentes. ¡Y cómo me festejaban y mimaban los grandes señores, sin dejarme nunca de la mano! Todo era «Pipaón acá, Pipaón allá», y a cualquier hora Pipaón para todo.

Pues ¿y las peticiones de destinos? Como las minutas que yo extendía en la tertulia del infante, pasaban muy bien recomendadas a manos de quien sabía despacharlas con gran primor, no había candidato que no cuajase, ni ahijado mío que no se viese en camino de papa o senescal desde que yo le tomaba por mi cuenta. Así es que llovían las peticiones. Las cartas entraban en mi casa por almudes, no siempre solas, en verdad, sino a menudo acompañadas del bocadito, de la caja de cigarros, del tarro de dulce. Siempre que iba a mi vivienda encontrábala tan atestada de hambrones menudos, como portería de convento en tiempos de miseria.

Yo procuraba quitarme de encima tanto gorrón holgazán que, cual enjambre de langosta, caía o anhelaba caer sobre la Real Hacienda; pero son los pretendientes como las moscas, que cuanto más las sacuden más se pegan. A muchos coloqué; pero como el frecuente ir y venir de oficina en oficina me obligaba a gastar mucho tiempo y no pocos zapatos, discurrí que era preciso hacer que los interesados me indemnizaran módicamente de aquellas pérdidas.

Cuando se me presentaba alguno en cuya facha conocía yo que era hombre de posibles, mayormente si venía de provincias con cierto cascarón de inocencia, le recibía cordialmente, conferenciábamos a solas, le persuadía de la necesidad de tapar la boca a la gente menuda de las oficinas, conveníamos en la cantidad que me había de dar, y si se brindaba rumbosamente a ello, cogía su destino. Siempre era una friolera, obra de diez, doce o veinte mil reales lo que cerraba el contrato, menos cuando se trataba de una canonjía, pensión sobre encomienda u otro terrón apetitoso, en cuyo caso había que remontarse a cifras más excelsas. Si nos arreglábamos, se depositaba la cantidad en casa de un comerciante que estaba en el ajo, y después yo me entendía con los superiores, si no me era posible despachar el negocio por mi propia cuenta.

Asunto era este delicadísimo y que exigía grandes precauciones. Por no tomarlas y fiarse de personas indiscretas, no dotadas de aquella fina agudeza a pocos concedida, cayó desde la altura de su poltrona a la ignominia de un calabozo un célebre ministro de Gracia y Justicia.[1]

VII

Con estas y otras artimañas iba yo *viento en popa* como diría el infante. Era tan considerable el número de mis amigos, que no acertaba a contarlos.

Seguía en buenas relaciones con mi antiguo protector don Buenaventura, pero ni este se atrevía a ocuparme en viles menesteres, ni yo lo habría consentido. Despachábamos juntos y mano a mano algunos asuntos delicados, tocantes al Real Consejo, porque ha de saberse que el don Ventura, desde que cuajara el despotismo y se restableciera el régimen antiguo, alcanzó la plaza de camarista, por la cual tenía antojos el pobrecito señor desde su mocedad, o casi desde el vientre materno. ¡Oh! ¡Ningún arrimo se puede comparar al arrimo del Real Consejo y Cámara! Daba gana de dormir en aquellos sillones, bajo aquellos techos eminentes, en medio de aquella paz, de aquel reposo, de aquella estabilidad inalterable, de aquella majestuosa petrificación de los siglos, de aquel silencio, solo turbado por los estornudos de algún camarista y el ruido de los viejos, polvorosos y amarillos folios cuando la flaca, la rapante mano del escribano los volvía. Era una tumba para el mundo y un paraíso para los que estaban dentro... Para el reino la muerte, para los privilegiados dulce y reposada vida.

---

1   Macanax. (N. del A.)

—«No hay institución más sabia que esta del Consejo —me decía don Buenaventura, con aquel entusiasmo que ponía siempre en sus palabras, al hablar de las cosas venerandas, sublimadas por los siglos—. Eso de que no pueda moverse un dedo en todo el reino sin que nosotros entendamos de ello, es admirable para el buen concierto de las Españas y sus Indias. Nuestra sala de alcaldes es un primor. Con ser tan pequeña todo lo abraza. Sin que ella lo autorice no puede el español sacar un pececillo de las aguas de un río, ni vender una libra de uvas, ni echar la sal al puchero. Todo lo pequeño está en nuestras manos, lo mismo que lo grande. Sin nuestro permiso el reino no puede sublevarse ni tampoco rascarse. No puede hacer revoluciones, ni cambiar de dinastía, ni reunir cortes, ni establecer formas de gobierno, ni tampoco ir a los toros, ni cazar con hurón, ni tener un desahoguillo mujeril, ni escupir, ni toser.

»Somos una máquina admirable que con sus grandes palancas aporrea al mundo y con sus dientecillos roe lo que encuentra. Aquí todo se convierte en polilla. Nada se nos escapa, y el vasallo de Fernando VII tiene que venir aquí para que le digamos dónde tiene las manos. —¡Ay de aquel que se atreva a alterar la dulce armonía en que vive la nación, regocijándose en sí misma y mirándose en el espejo de su estabilidad secular, como Narciso en la fuente! Si alguna cabeza hueca concibe proyecto de aparente utilidad para desviar el suave curso de la española vida, bien alterando las leyes del comercio, bien las de la fabricación, ora los impuestos, ora la agricultura, nosotros acudimos solícitos allí donde prendió el incendio de la reforma y procuramos apagarlo, apoderándonos del proyecto o solicitud o requisitoria o informe o memorándum para ponerle encima una losa de papel, bajo la cual se queda criando musgo, si no gusanos, por los siglos de los siglos.

»En suma, es nuestra misión sostener en las esferas todas del país el estado de sabrosísimo sueño que constituye su felicidad desde que renunció a las conquistas. Nosotros arrullamos esta inmensa cuna cantando el *ro-ro*; y si por acaso en la agitación de su placentero dormir saca una mano, se la metemos entre las sábanas; si pronuncia alguna palabra, le tapamos la boca; si suspira, le rociamos con agua bendita; si se mueve ¡ay!, si se mueve, nos asustamos mucho porque creemos que se va a despertar... Pero ahora tenemos tranquilidad para un rato, amigo mío: el turbulento niño duerme;

todo es calma, todo es silencio, todo es paz, y apenas oímos el rugido del descontento en el fondo de este gran pecho, que suavemente se alza y se deprime con el reposado aliento de la satisfacción.»

Así dijo. Concluía de comer, y levantándose, añadió:

—Adiós, Pipaón, me voy al Consejo a dormir la siesta.

La pintura de aquella alta institución narcótico-nacional despertaba más en mí el deseo de afincarme en ella, como quien dice, proporcionándome una plaza de camarista, que era la mejor almohada del mundo para reposar una cabeza cargada de años y de trabajos. Contrariábame mi juventud y la poca duración de mis servicios, si bien es verdad que para cubrir una vacante en aquellos tiempos no había los ridículos escrúpulos y reparos de antaño. Ya no se buscaba con candil, como en los días de Jovellanos y Campomanes, un vejete sabihondo para endilgarle la cédula de nombramiento, sin más méritos que haber escrito veinte mil informes indigestos. Godoy echó por tierra estos abusos, llevando a la Cámara a quien le dio la gana, sin distinción de talentos reales o postizos; y en mi época esta tolerancia había llegado a su colmo, siendo evidente que desde la entrada de don Antonio Moreno en el Consejo de Hacienda, todos los peluqueros de Madrid se vieron ya con un pie dentro de la Sala.

Esto me daba aliento, y no me acostaba ninguna noche sin pensar, al persignarme, en las dulzuras de la anhelada canonjía del Consejo. Crecía mi favor como la espuma, y a los comienzos de 1815 pude pasar del cuarto del príncipe al del Rey, que era el Olimpo de la cortesanía, y trabar comercio más íntimo con personajes del mayor prestigio y que, al decir de las gentes, traían en los cinco dedos de su mano toda la grandeza del reino, del cual eran árbitros, sin dar de ello cuenta al Dios ni al diablo.

Impulsome por estos excelsos caminos la amistad que en octubre de 1814 contraje con un hombre que en aquella época comenzaba a ser poderoso, y después lo fue en tan alto grado, que siendo su nombre don Antonio Ugarte, el vulgo le llamaba *Antonio I,* para significar un poder, grandeza y predominio que al del mismo monarca se igualaba.

¿Y quién era Ugarte, quién era ese hombre poderoso, que por algún tiempo dispuso del Tesoro de la nación, y tuvo a sus pies a todas las eminencias civiles y militares, y dio que hablar dentro y fuera de España casi tanto como Godoy en el reinado de Carlos IV? —Pues era simplemente un maestro de baile.

Hombre tan insigne merece capítulo aparte.

VIII

En los últimos años del siglo anterior, Ugarte había venido de Vizcaya a los 15 años de su edad. Menos afortunado que yo y con menos recursos, tuvo que ponerse a servir de mozo de esportilla en casa del señor Consejero de Hacienda, don Juan José Eulate y Santa, donde se dio tan buena maña y mostró tanto ingenio, que bien pronto, ayudado de su buena letra y singular destreza en la aritmética, hiciéronle amanuense de la casa. Habiendo nacido Antoñuelo para grandes empresas, no quiso su destino que se prolongase por mucho tiempo la oscuridad de aquella vida, y ved aquí que una aventurilla doméstica, en la cual apareció demasiado listo, le obligó a separarse del señor Eulate. El mancebo vizcaíno, viéndose sin arrimo, pasó revista a todas las artes y ciencias, y discurriendo cuál de ellas tomaría por instrumento de la gran ambición que en su noble pecho abrigaba, adoptó la coreografía. Ya le tenemos de maestro de baile, o como si dijéramos, con ambos pies dentro de la esfera de la fortuna, que en aquellos tiempos solía favorecer a la gente danzante.

Era Ugarte de hermosa presencia, agraciado, vivaracho, ingeniosísimo en las frases, saludos y cumplidos, y extremadamente listo, con el más claro ojo del mundo para conocer a las personas y captarse su simpatía y buena voluntad. Vestía con toda la elegancia que sus mermados emolumentos le permitían; conocía a fondo el *ars umbelaria,* que era el modo de ponerse el sombrero, y el *ars incedaria,* que era lo que modernamente y con más llaneza llamamos el *modo de andar.* No solo daba lecciones de baile, sino que las daba también de *zorongo,* es decir, enseñaba a los jóvenes a hacer con la mayor elegancia posible el gesto de afectadísima urbanidad conocido con este nombre.

A pesar de tan supinos talentos, Ugarte no salía de su pobreza, que entonces acompañaba, como el lazarillo al ciego, a las más nobles artes de la cabeza o de los pies. Pero quiso el cielo que se prendase del bailante vizcaíno una dama burgalesa (cuyo nombre no hace al caso), la cual vivía en la Costanilla de Capuchinos de la Paciencia. Desde entonces todo cambió. Baste decir que Godoy gobernaba a España y sus Indias. Para medrar, Antoñuelo que tanto había movido los pies, no necesitó más que el apoyo de una blanca mano. Sintiéndose con un gran caudal de iniciativa y de recursos de ingenio, resolvió no meterse en las telarañas de las covachuelas, y se hizo agente de negocios de Indias, de los Cinco Gremios y de la dirección de Rentas. ¡Colosal mina! Antoñuelo tenía talento en la cabeza, y dedos en las manos.

Por lo que yo hice con mediano ingenio en tiempos posteriores, y ya muy explotados, júzguese lo que haría Ugarte con más genio para los negocios que Nelson para la Marina, y en tiempos tan primitivos y virginales, que bastaba alargar la mano para coger el sustento de hoy... y el de mañana. La Providencia divina, que en lo de mimar a Ugarte era una madre débil y complaciente, le puso entonces en relaciones con el barón Strogonoff, embajador de Rusia, el cual encargó a nuestro ex-bailarín el desempeño de diversos asuntillos. Hízolo a pedir de boca, quedando el moscovita tan complacido, que se fue para las Rusias en 1808, y dejó a cargo de Ugarte todos sus intereses.

Durante la guerra, don Antonio no se movió de Madrid. Firme en su agencia, servía a españoles y franceses, sin malquistarse jamás con unos ni con otros, que este es privilegio de ciertos hombres sutilísimos. Ni los franceses le molestaron en 1812, aunque encubiertamente favorecía a los nacionales, ni en 1814 le persiguieron por afrancesado los españoles de la restauración. Con todo el mundo tenía buenas relaciones; para todo se echaba mano de Ugarte. Murat y José, lo mismo que los regentes de Cádiz, el cardenal de la Scala lo mismo que Fernando, el *botellesco* Cabarrús igualmente que el leal Eguía, le consideraban y atendían. Hízose superior a los partidos, y a todos servía. Había tenido hasta entonces el singular talento de no funcionar dentro de la jurisdicción de las pasiones políticas, reservándose la esfera interior de los negocios. Mientras arriba los bobos andaban al pelo por la soberanía del pueblo y los derechos del trono, él resbalaba abajo injiriéndose en los intereses públicos y particulares... No era nada; no era más que agente.

Aquí hemos visto muchos hombres, de esta clase; pero el maestro, el patriarca, el Adán de estos bien aventurados camaleones, fue, sin duda alguna, Antonio I, agente de todo lo agenciable.

Por entonces empezó la gran influencia de los rusos en la corte de España, aunque todavía no habían aparecido por las ventas de Alcorcón. Concluida la guerra vino acá el célebre Tattischief (a quien daré a conocer más adelante), el cual por su antecesor tenía ya noticias de las sutilezas de nuestro agente. Se hicieron tan amigos, que ambos salían de paseo, dándose el brazo, confundiéndose los bailarinescos antecedentes del uno con la noble prosapia del otro, para regocijo de la democracia que ya empezaba a invadirlo todo. El ruso, que era emprendedorcillo, como se verá en lo sucesivo y no había venido a Madrid a coger moscas, encontró su mano derecha en Ugarte, y este halló en el ruso un admirable espantajo que le sirviese de pantalla en la corte. Llevó Tattischief a Antonio I a la tertulia de Fernando, hízole conocer a este las altas dotes del antiguo maestro de *zorongo,* y no fue preciso más. La agencia de Ugarte se extendió; puso una mano en el corazón de la monarquía, y extendió la otra a los últimos confines de ella en Europa y en América. Un solo mundo no le bastaba.

Por aquella época (repito que al concluir 1814) nos hicimos amigos. Habíame ocupado don Antonio en diversos menesteres de mi incumbencia, los cuales desempeñé tan bien, que se me confirieron secretos importantes y fui asociado a empresas de mayor cuantía. Nos comprendimos, encajamos el uno en el otro como el pie en el zapato; él conociéndome y yo conociéndole, habíamos hecho la principal conquista de nuestra vida.

Y aquí levanto la mano del bosquejo de este hombre, porque sus principales hechos no han ocurrido aún en los días a que me refiero. Ellos irán saliendo poco a poco, y le pintarán por completo en todas sus fases, siendo tan solo mi propósito ahora trazar una leve figura lineal, que por sí irá vistiéndose de colorido con la misma luz de los próximos sucesos. Cuando yo conocí a don Antonio, empezaba el gran poder de aquel hombre, arbitrista, asentista, *factotum;* de aquel agente universal, que resolvió, en connivencia secreta con el Rey, graves negocios de Estado; que tramó revoluciones y mudanzas, celebró tratados y manejó la Hacienda pública sin responsabilidad; organizó ejércitos y compró buques; todo esto sin intervención ninguna de los vanos ministros, y obrando casi siempre a espaldas del llamado gobierno.

La figura de mi don Antonio no revelaba entonces su antiguo oficio de maestro danzante, ni tenía la ligereza que arte de tantos vuelos exigía: era bastante obeso y de procerosa estatura, rostro de satisfacción, doble barba con mucha enjundia, ojos muy móviles y una sonrisa más bien esculpida que pintada en su rostro, por la fijeza de ella y por lo que acompañaba a todas sus palabras. Ponía semblante afectuoso a chicos y grandes, y con todos aparecía obsequioso y servicial, aunque después no lo fuese. Tenía suma destreza para resolver en todo; respondía siempre a medida, sin decir ni más ni menos de lo necesario; disimulaba sus proyectos con discreción excelsa, a prueba de ajena perspicacia; jamás emitía ideas exageradas, sino, por el contrario, era juicioso, y en sus conversaciones sobre fútil política, siempre daba la razón a su interlocutor; hablaba con veneración del Rey, guardando prudente silencio sobre la dominación francesa, y no insultaba jamás a los vencidos, sin duda por la consideración de que podían ser vencedores. Cuando nombraba a alguno de los personajes desterrados o presos, decía *mi desgraciado amigo* Fulano de Tal, y a todos los hombres de viso que entonces privaron les sahumaba con muchos elogios en presencia y ausencia.

Delante de los tontos decía afectadamente tonterías, y delante de los sabios sabidurías, y jamás hablaba mal de nadie, aunque estuviese en Melilla o Ceuta. Era religioso y cuchicheaba con frailes y monjas; pero nunca le vi abogar celosamente por la Inquisición, ni dio al fuego sus libros filosóficos y enciclopedistas, pues los tenía buenos. Se lamentaba de que los revolucionarios fueran tan malos; pero en más de una ocasión le sorprendí en secreto con ciertos pajarracos que a cien leguas me olían al musguillo húmedo de las logias y a sociedad secreta; en fin, era hombre tan completo, que difícilmente se encontraría otro ejemplar, ni quien, como él, estuviese siempre en la justa medida, atento a su beneficio y realizando las supremas leyes de la vida con tal arte, que el Criador del mundo debía de estar muy satisfecho por haber criado a Ugarte. Sin duda después que lo echó al mundo, vio que era bueno.

Este y Ostolaza, fueron los dos arcángeles que tiraron (permítaseme la figura) del carro celestial de mi encumbramiento. Si uno me introdujo en el cuarto del infante, llevome el otro al del Rey. Muchas y no despreciables cosas tengo que contar de mis conexiones con los primeros cortesanos de la época; pero antes de llegar al lugar sagrado, se me permitirá que me ocupe de otras menudencias, que no por serlo, dejan de ser indispensables para el conocimiento de lo que vendrá después, y de cierto asunto que por mi propia cuenta emprendí. Como aquí entran personas de menos copete y algunas madamitas, también abro capítulo aparte.

IX

A casa de las de Porreño iba yo a menudo, y constantemente desde que se apareció en aquellos tristes salones cierta condesa de Rumblar, acompañada de un lindo femenil pimpollo, nombrado Presentacioncita, la cual era un conjunto de gracias, seducciones y monerías de imposible descripción. Tenía tal garabato para burlarse de Ostolaza y de mí, elogiándonos en apariencia, que ni él ni yo sabíamos enfadarnos para salvar la dignidad. Nos zahería muy sandungueramente, y por mi parte me moría de gusto. La luz chispeante de sus ojitos negros como la noche, deslumbraba los míos, y se me entraba y esparcía por todo el cuerpo, escarbándome el corazón. Cuando reía, figurábasele a uno tener delante un coro de angelitos insolentes jugueteando de nube en nube; cuando se ponía seria, era preciso estar en guardia, porque de fijo estaba tramando alguna ingeniosa picardía. Su gravedad era una máscara detrás de la cual se fraguaban hipócritamente todas las aleves conspiraciones contra nuestras casacas, contra nuestras chupas y también contra nuestras pobres carnes.

Temblábamos ante ella y por mi parte me derretía de gozo cuando mi cara se bañaba en su aliento durante una partida de mediator. Moralmente hablando, nos pellizcaba sin cesar, pues no podían ser otra cosa sus punzantes burlas. Digo punzantes, porque en cierta ocasión clavó en los sillones donde Ostolaza y yo nos sentábamos, algunos alfileres tan soberanamente dispuestos, que mi buen amigo y yo vimos sin ser astrólogos, todo el sistema planetario. Otra vez cosió mis faldones a un infame aparato, que moviéndose echó por tierra la cesta de costura donde doña

Paz tenía mil distintas suertes de labores, ovillos, canutillos, lienzos, de tal modo, que levantarme yo y venir el mujeril aparato al suelo, fue todo uno. A veces inventaba un juego de acertijo, en el cual había un plato artificiosamente ahumado, que nos aplicábamos a la cara para saber el secreto, y puesta la sala a oscuras, resultaba después que aparecíamos Ostolaza y yo con la cara tiznada, de lo cual se holgaban y reían mucho los concurrentes. A menudo recibía yo cartitas y recados de monjas mandándome llamar, y luego salíamos con que era mentira. Y no digo nada de aquella graciosísima invención que consistía en darme un dulce, y cuando yo todo almibarado de gozo me lo metía en la boca, resultaba más amargo que la misma hiel.

¡Ay!, en aquellas tertulias había verdadero entretenimiento; se divertía uno con la más rigurosa honestidad, sin propasarse jamás a cosas mayores, y aunque se padecía un poco del mal de Tántalo, como teníamos el juego de la gallina ciega, siempre había algún yo y tú casual entre tapices, y se podía coger al vuelo un par de blancas manos, algún torneado brazo, u otra cualquier obra admirable del Criador. Daba la maldita casualidad de que siempre que se estaba rezando el rosario, sonaba adentro descomunal y pavoroso ruido, y a oscuras o con un candilejo era preciso ir a ver lo que era, no faltando damas valerosas que le acompañasen a uno por los solitarios corredores. Por supuesto, al fin venía a resultar que aquellos espantables ruidos eran obra del gato, haciendo de las suyas en la cocina.

Con estos y otros inocentes placeres, se pasaban dos o tres horas de la noche sin sentirlo.

Una noche noté que Presentacioncita no nos dio bromas ni a Ostolaza ni a mí. No di importancia a aquel suceso. A la noche siguiente no fue a la tertulia, y se dijo que estaba enferma: pero apareció tres noches después bastante desmejorada y muy triste, lo cual me sorprendió mucho, y observé. Observé su semblante, su mirar, qué conversaciones prefería, a cuáles palabras prestaba más atención. Observé sus suspiros y la distracción honda en que comúnmente estaba, deduciendo de todo que Presentacioncita tenía un gran pesar sobre su alma.

Pero lo más extraño fue que la graciosa niña no solo se abstenía por completo de toda burla mordaz conmigo, sino que me trataba con inusitadas consideraciones, fijando en mí los ojos, cual si quisiese leer mis pensamientos y por ellos adivinar mis deseos, para satisfacerlos.

Atendía al juego, alegrándose mucho cuando yo ganaba, y demostrándome en sus ojos profunda pena si la suerte no me era propicia. Al retirarme me miró mucho, preguntándome con vivísimo interés si faltaría a la tertulia de la noche siguiente.

Acosteme y no dormí. Los dos ojos de Presentación fulguraban en la oscuridad de mi alcoba como estrellas en el negro cielo. Pero yo no soy hombre que pierde el tino por afán de ideales amores, ni en mi vida he experimentado el embrutecimiento de que hablan los poetas, dolencia común a cabezas hueras y a gente vagabunda. Reíme, pues, de aquello, y vino el día y tras él la noche. Pareciome al entrar en la tertulia que con mi visita se disipaba la tristeza de Presentacioncita, como con la presencia del Sol huyen las nieblas que oscurecen y enfrían la tierra. ¿A qué negarlo?, yo estaba inflado de orgullo.

Conocí que deseaba hablarme, y por mi parte sentía ardiente anhelo de decirle un par de palabritas al oído, sin que lo viera mi señora la condesa. Ofreciósenos a entrambos ocasión propicia cuando los demás hablaban ardientemente de la caída de Macanaz. Presentacioncita me dijo con la mayor zozobra:

—señor de Pipaón, tengo que hablar con usted.

—Y yo también, señora doña Presentacioncita, tengo que... —repuse sin poder encontrar una fórmula de madrigal.

—Pero mucho, mucho —añadió ella, poniéndose más encarnada que un cardenal.

—¿Mucho?

—Tengo... tengo que confiar a usted...

—Sí, yo también...

—Un gran pesar.

—¿Pesar?

—Sí, una gran pesadumbre, y espero...

—Yo también espero...

—Espero que usted me hará el favor que he de pedirle... usted, sí, me han dicho que solo usted...

Yo estaba confundido y nada contesté.

—Mañana, señor de Pipaón... —dijo disimulando todo lo posible su inquietud—; mañana...

—Mañana, o cuando usted quiera...

—Venga usted aquí. Estaremos solas doña Salomé y yo. Mi madre, doña Paz y doña Paulita van a visitar a las monjas de Chamartín. Yo he dicho que vendré a ayudar a doña Salomé en una labor que trae entre manos.

Al siguiente día a la hora marcada acudí presuroso a la cita, poniéndome de veinticinco alfileres. Retirose la de Porreño cuando yo entré, y Presentacioncita no esperó a que me sentara para decir:

—señor de Pipaón, en usted confío, en su mucha bondad y cortesanía. Se trata de una obra de caridad.

—¡Una obra de caridad!... ¡Y para eso...! —exclamé desconcertado.

—Se lo agradeceré a usted toda mi vida, toda mi vida —dijo ella cruzando las manos y clavando en mí hechiceras miradas.

Empecé a sospechar si sería aquella una refinada burla, con gran arte preparada.

—Veamos: ¿qué obra de caridad es esa? —pregunté tan inquieto y sobrecogido, cual si sintiera en el asiento de la silla los alfileres de marras.

Presentacioncita fijó los ojos en el suelo, y doblando y desdoblando la punta del pañuelo, dijo:

—Yo tengo...

—Vamos, acabe usted.

—Me cuesta mucho trabajo, señor de Pipaón; pero no tengo otro remedio que decírselo a usted.

—Pues oigo. ¿Tiene usted?...

—Vergüenza.

—¿Es algún pecado?

—Pecado no.

—Entonces es amor.

Presentación respiró cual si la quitaran de encima un gran peso.

—Eso es. Cuesta mucho decirlo... Gracias, señor don Juan. Me ha adivinado usted. Bien dicen que otro de más ingenio no lo hay bajo el Sol.

—¿Y quién es ese dichoso joven? —pregunté de muy mal talante, esforzándome en poner cara indiferente.

—Ese joven... Es... vamos, un joven... Muy desgraciado por cierto, si usted no lo remedia.

—¿Yo?... ¿Y en qué puedo servirle?

—¡Ay!, para un hombre como usted no hay nada imposible. Por su mucho talento ha logrado ganarse una buena posición; es amigo de Antonio I, del infante, y tiene gran poder en la corte... —añadió con mucha zalamería.

—¡Yo!

—O en el gobierno. ¡Qué gusto para la madre que tal hijo crió! Verle encumbrado por sus méritos nada más y gran entendimiento; verle solicitado de los grandes señores y hasta de los obispos... No sabemos a dónde va a llegar usted, señor de Pipaón, y si no para de subir, le veremos ministro o gobernador del Consejo o embajador el día menos pensado.

—Gracias, señora doña Presentacioncita. Pero...

—Pero... Déjeme usted seguir —repuso impaciente, porque la revelación del principal secreto le había devuelto su normal viveza y desenvoltura.

—Ya oigo.

—Decía que si usted me libra de la grande aflicción que tengo, rezaré todas las noches un padre nuestro para que Dios le haga a usted embajador o ministro.

—Hecho el trato —respondí riendo—. Su novio de usted...

—¡Por Dios y por todos los santos, sea usted reservado! Hago a usted esta confianza porque conozco su prudencia, su bondad, su discreción. Antes moriría que fiarme de Ostalaza.

—Lo creo.

—Y si usted dice alguna palabra por la cual mi señora madre pueda sospechar...

—¡Oh!... lo que es eso...

—Entonces tomaré venganza tan horrenda, tan espantosa...

—Lo creo, sí, lo creo sin juramento.

—Tan espantosa, que... vamos: ya estoy teniendo compasión de usted. ¡Oh!, de veras... Será usted el más desgraciado de los hombres.

—El más feliz seré si consigo sacar a usted de ese mal paso...

—A mí no, a él —exclamó con viveza.

—¿Quién es? ¿No se puede saber?

—Usted le conoce —dijo, fiando a mi penetración lo que solo correspondía a su franqueza.

Avergonzábase de pronunciar el nombre de su adorado, y todo era medias palabritas, reticencias, adivinanzas, mucho de *que se quema usted,* hasta que al fin, con más trabajo que para sacar alma del Purgatorio, la saqué del cuerpo el dichoso vocablo, resultando que aquella Tisbe tenía por Píramo a un mozalbete de buena familia, llamado Gasparito Grijalva, hijo de don Alfonso de Grijalva, propietario muy adinerado.

—¿Y en qué apreturas se encuentra ese joven, que tanto necesita de mí?

Presentacioncita se sintió conmovida, y llevándose el pañuelo a los ojos, dijo:

—Está preso.

—Vamos, madamita, no llorar. Eso no conduce a nada —repuse, dándole algunas palmadas en el hombro—. ¿Y qué diabluras ha hecho?... Alguna pendencia, alguna disputa quizás por esos lindos ojos?...

—No es nada de eso —añadió sollozando—. Le prendieron porque en el café dijo que Su Majestad era narigudo.

No pude contener la risa.

—¿Por eso, nada más que por eso?

—Y por haber dicho que Su Majestad escribía cartas a Napoleón desde Valencey, felicitándole y pidiéndole una princesa para casarse.

—¡Oh!, grave desacato es ese...

—¡Ay! señor don Juan —exclamó, cubriéndose el rostro y llorando sin freno— yo me muero de aflicción, yo no puedo vivir...

—Calma, mucha calma, señora mía, y discurramos lo que se ha de hacer.

—¡Y dicen que le van a ahorcar, señor de Pipaón! —añadió, volviendo a mostrar sus ojos, más bellos entre la humedad del llanto, como es más bello el Sol después de la lluvia—. Eso sería una iniquidad, un crimen... ¡Ahorcarle por decir una tontería!...

—Por eso se ahorca hoy... Discurramos. El delito es horrendo...

—¿Horrendo?

—Sí; ¡calumniar a Su Majestad, diciendo que anduvo en tratos con el infame monstruo!...

—¡Cosas de muchachos! Como su padre es algo liberal, según dicen, y parece que no quiere toda la Inquisición, sino una parte de ella, desean castigarle en la persona del pobre, del inocente Gaspar... ¡Ah! ¡Si viera usted qué carta me escribió ayer!... Yo no sé cómo se las compuso para escribirla en la cárcel y enviármela, pero ello es que la recibí. Me suplica que le mande secretamente un cordel o un puñal para darse la muerte, antes que el verdugo ponga las manos sobre él. ¡Esto parte el corazón! Parece que siento el puñal clavado en mi pecho y la cuerda alrededor de mi cuello... Y gracias a que Dios me ha deparado un amigo tan bueno y generoso como usted, pues ¿quién duda que beberá los vientos para que pongan a Gasparito en libertad?

—Falta que lo consiga, porque la justicia de estos tiempos no se anda con tiquis miquis, y si bien es posible que el niño no lleve corbata de cáñamo por ahora, casi casi se le puede dar una carta de recomendación para los que están en Ceuta o en Melilla.

—¡En África, en presidio!... Para usted, según dicen, no hay nada difícil, todo lo consigue y es el más activo correveidile, el más bullidorcito y hormiguilla de los empleados públicos de hoy.

—Gracias.

—De modo que si usted no quiere verme morir de pena, si usted no quiere que le maldiga en mi última hora y que desde este momento le aborrezca como a mi más cruel enemigo, prométame que dentro de unos pocos días estará Gaspar en libertad.

—Mucho pedir es, señora doña Presentacioncita. Yo no tengo poder en la corte, ni en la camarilla, que es donde se prende y se suelta a todo el mundo. ¿Por qué no se franquea usted con Ostolaza?

—¡Jesús, ni pensarlo! —exclamó con terror—. Se lo contaría todo a mamá.

—En fin, yo haré lo que pueda —dije, prometiéndome interiormente no volver a ocuparme de tal asunto.

—¡Lo que pueda!... Eso es bien poco. Ha de hacer usted lo que no pueda, lo imposible, señor de Pipaón. Por ahí le llaman a usted Santa Rita.

—Mucho se me pide —indiqué dulcemente, discurriendo que bien podían darse algunos pasos, con tal que fueran remunerados de alguna manera— y nada se me ofrece.

—¿Y mi agradecimiento eterno, mi amistad, lo mucho que rezaré por usted para que siempre goce de buena salud y llegue a ser, cuando menos, ministro, y pueda repartir beneficios a los necesitados? —repuso con hechicera sonrisa, que valía más que todas las razones, y podía más que todos los ruegos.

—Presentacioncita —dije, acercándome más a ella—. Nunca creí que una niña tan linda, tan discreta, tan bondadosa, de tantísimo mérito como usted, fuese a caer en las redes de un...

—Menos incienso, señor don Juan —replicó con malicia—, hoy no estoy para zalamerías.

—Pues qué, ¿esos ojos celestiales, esos...?

Alargué una mano para tocar la suya, cuando rechinaron los goznes de la puerta y yo salté en mi silla. La puerta se abrió, dando entrada a una figura pomposa, que desde su primer paso y desde su primera mirada empezó a irradiar magnificencia dentro de la habitación. Era doña María de la Paz Jesús, hermana del señor marqués de Porreño, y desde la muerte de este, jefe de la ilustre cuanto desgraciada familia.[2] Venía de la calle, y como era mujer de corpulencia, con el cansancio y la pesadez de sus carnes traía muy sofocado el rostro y fatigosa la respiración. Sentose al punto, sin despojarse del mantón ni soltar el ridículo, abanico, sombrilla y manojo de papeles que en la mano traía como Minerva sus atributos, y lejos de enojarse por verme allí a hora tan impropia, pareció alegrarse mucho de mi presencia.

Aquella señora tan grave, tan rigurosa, tan ceñuda, tan implacable con toda clase de libertades, sonreía ante mí, dignándose echar el velo de su delicadísimo disimulo sobre aquel coloquio a solas, que en época posterior habría sido inocente, pero que en tiempos tan honestos era poco menos que escandaloso, casi nefando. Yo esperaba una tempestad, y me encontré con un arco iris.

Oigámosla ahora.

---

2   Véase *La Fontana de Oro.* (N. del A.)

X

Antes de responder a mi saludo, me dijo:

—Espero que usted, señor de Pipaón, como hombre de gran influencia, amigo de Ugarte Alagón y Pedro Collado, nos apoyará en nuestra justa pretensión, haciendo cuanto esté de su mano para que salgamos adelante.

—¿Y cuál es el asunto?... —pregunté confundido.

—¿Pues no lo sabe usted? ¿No estuvimos hablando de eso más de dos horas anteanoche?

—¡Oh!, sí, señora mía, ya recuerdo, es...

—La moratoria que pretendemos... Ya hemos hecho la solicitud a Su Majestad, y se nos ha prometido que pronto se dará cuenta de ella a la regia Cámara, y que la apoyarán los más cariñosos amigos del soberano.

—¿Una moratoria? ¿Conque una moratoria?...

—Nada más justo —dijo doña María de la Paz, con acento de convicción profundísima—. Ni se me alcanza por qué han de ser tan lentas y fastidiosas las formalidades para concederla; debiera ser cuestión de un par de días y de una esquelita de Su Majestad al Real Consejo.

—Señora, una moratoria siempre es asunto de gravedad.

—Pero no en el caso presente, señor de Pipaón —exclamó con viveza arrojando de sí una llamarada de orgullo que se extinguió bien pronto, como las chispas brotadas del pedernal—. Nosotras reclamamos una cosa muy justa. Mi padre y mi hermano contrajeron algunas deudas... la cantidad no hace al caso. Hiciéronlo así, porque el lustre de nuestra casa lo exigía, pues solo en una comida de caza y pesca que se dio al Rey, al pasar por Montoro, cuando la batalla de las Naranjas, se gastaron treinta mil ducados. Ahora los acreedores, de los cuales el principal es don Alonso de Grijalva, han dado en reclamar su dinero y quieren apropiarse las fincas libres que nos quedan, pues bien sabe usted que el mayorazgo, conforme a la ley de su principal instituto, se ha extinguido en nuestra línea por falta de varón.

—Ya, ya sé. ¿Ustedes, por falta de varón?... Comprendido.

—¿Cómo es posible, pues, que un Rey justiciero, que ha venido a establecer en España las buenas doctrinas y a limpiar el reino de toda impiedad y bajeza, consienta en este despojo, en este embargo inicuo, insólito, irrespetuoso con que se nos amenaza?

—Señora, los acreedores... Ellos dieron, mejor dicho, colocaron su dinero... —indiqué respetuosamente.

—Sí, señor —añadió, despidiendo otro chispazo de soberbia que iluminó velozmente su rostro—. ¿Pero qué vale su dinero?... ¡Miserable metal! Como si no hubiera en el mundo más que dinero... ¿Pues y las virtudes, pues y las glorias y grandezas del reino, pues y el lustre, fíjese usted bien, el lustre de las familias?

—El lustre. Sí, convengo en que el lustre...

—No, no es posible que un gobierno justo nos quite la hacienda que honrosamente poseyeron nuestros antepasados. ¡A dónde vamos a parar! Estaría bueno que un don Alonso de Grijalva, un hombre que ha salido de la nada, pues público es y notorio que vino a Madrid de la Maragatería, conduciendo un par de mulas; estaría bueno, repito, que un don Alonso de Grijalva, fíjese usted bien, un don Alonso de Grijalva, se calzase nuestros estados de Galicia y Aragón. ¡Oh! Es zapato muy grande para tal pie. Esos hombrecillos, nacidos de los tomillos y mastranzos, tienen una osadía que espanta. Tanto alzaron el vuelo en tiempos de la Constitución, que se creían dueños del mundo, y por lo que veo, aun después de vueltas las cosas a su ser y estado primero, continúan alzando la cabeza y amenazando con sus viles usurpaciones.

—En suma, ustedes solicitan que se ponga coto al inconcebible atrevimiento de los que han dado en la flor de llamarse acreedores.

—¡Oh!, nosotras no negamos la deuda, ni tampoco el proposito firmísimo de pagar algún día —repuso con voz firme—. Pero deseamos que esos señores confíen en nuestra probidad y esperen tranquilos la hora oportuna de recoger lo suyo. ¿Pues quién duda que es suyo? Nuestra pretensión no puede ser más natural. Solo pedimos a Su Majestad que nos conceda una moratoria nada más que de diez años, fíjese usted bien, de diez años...

—Ya estoy fijo, sí. Me parece muy justo. Dentro de diez años...

—No creo que Su Majestad, tan piadoso, tan buen cristiano, tan justiciero, tan cariñoso para todos los que no nos hemos contaminado de la constitucional pestilencia, niegue una pretensión tan razonable, mayormente si considera que el fiero enemigo, de cuyas garras queremos librarnos, es un hombre a quien suponen un poco desafecto al régimen actual.

—El señor de Grijalva no se mezcla en política. Es hombre modestísimo, que solo se ocupa de gobernar su casa y sus intereses.

—¡Oh!, qué mal lo conoce usted —repuso con súbito arranque—. Si yo dijera que no hay lengua más cortante contra el gobierno ni tijera más diestra que la suya para cortar vestidos a los amigos de Su Majestad... En fin, ¿qué tal hombre será y qué tal educación dará a sus hijos, cuando ha sido preso Gasparito por desacatos al Rey y no sé qué abominables dichos y hechos?

—Parece que el niño dijo en un café que Su Majestad era narigudo.

—Algo más sería —afirmó doña María de la Paz, con verdadera saña—. Descubriose que andaba en logias, escribiendo papeles y reclutando gente de mal vivir.

Presentación parecía de cera.

—¡Oh!, si es cierto —afirmé— el hijo y el padre lo pasarán mal.

Presentación parecía de mármol.

—No, tales infamias no pueden quedar sin castigo. Veo que Su Majestad, llevado de su buen corazón, está por las blanduras y perdona a todo el mundo. ¡Escarmiento!... Duro con ellos, señor de Pipaón. ¡Si no se castiga a nadie!

Presentación había enrojecido y parecía de fuego.

—Pero cualquiera que sea el fin de estas abominables conspiraciones —continuó la dama— usted tomará a pechos nuestro negocio, usted nos prestará su poderoso apoyo, usted arrimará su hombro al sagrado muro, fíjese usted bien, al sagrado muro de nuestra moratoria. ¿No es verdad amigo mío? —dijo doña María de la Paz, levantándose para retirarse.

—Yo...

No pude decir más, porque en aquel instante concebí una idea grandiosa, colosal, una de esas ideas que de tarde en tarde fulguran en el cerebro del hombre, abriendo ante sus ojos inmenso horizonte en los espacios de la vida, una idea que absorbió mis potencias todas por breve rato, no permitiéndome ver cosa alguna, ni pensar en nada que estuviese fuera de la esfera de mí mismo. Tras de la idea vino un propósito firme, poderoso, y después un plan, cuyo sencillo organismo se me representó clarísimo en todas sus partes.

—Señora, no necesito decir que haré los imposibles porque se consiga esa moratoria —manifesté con artificioso interés a la dama, cuando se retiraba.

Después volví al lado de Presentacioncita. Su cólera, mal contenida, se desahogaba en amargo llanto.

—Adorada y adorable niña —le dije con acento de profundísima verdad—. No llore usted: todo se arreglará.

—Usted es muy bueno, ¿usted será capaz...? —dijo levantándose y poniéndose ante mí con las manos cruzadas, como se pone la gente piadosa y afligida delante de una imagen.

—Tranquilícese usted; Gasparito será puesto en libertad —afirmé con el mayor aplomo.

—¿Cuándo?

—Cuando se pueda. No hay que impacientarse. El muchacho no irá a presidio.

—¡Oh! ¡Qué hermosas palabras! —dijo saltando de alegría y secando sus lágrimas—. De modo que no...

—No le condenarán.

—¿Usted lo promete?

—Solemnemente.

—¡Qué bueno es usted... pero qué bueno! ¡Ay qué guapo es usted! Sí, ¡qué guapo y buen mozo me parece! ¿Por qué no lo he de decir? ¿Conque usted promete que no le harán daño?

—Lo juro. Óigalo usted bien. Lo juro.

—¡Oh!, gracias, gracias, señor de Pipaón. Que Dios le dé a usted la gloria eterna, y en este mundo mucha salud, toda la felicidad, todos los destinos de la nación, todos los sueldos, todas las encomiendas, todas las grandes cruces del mundo, y aún me parece poco para lo mucho que usted se merece.

Diciéndolo así y desahogando en tiernos votos la loca alegría de su corazón, alargaba hacia mí sus cruzadas manos con ademán patético.

Salí de la casa. ¿Cuál era mi idea, mi propósito, mi plan? Se verá más adelante.

XI

Ugarte era muy amigo del duque de Alagón, capitán de Guardias de la Real persona, inseparable acompañante del monarca dentro y fuera de Palacio. Yo también tuve relaciones estrechas con el duque, a quien visitaba frecuentemente por encargo de don Antonio, para tratar de asuntos reservados, en los cuales no era posible otra tercería que la del nieto de mi abuela.

Por cuenta, pues, de Ugarte y por la mía propia (llevado del luminoso plan que mencioné más arriba), fui a ver cierto día al señor duque de Alagón, que vivía en palacio. Cuando entré en su despacho, Su Excelencia no estaba solo. Acompañábale un hombre de mediana edad, de aspecto no desagradable, aunque tenía muy poco de fino, de semblante fresco, rudo, como de quien en su crianza vivió más bien al desamparo de los montes que en la regalada comodidad de los regios salones; vestido lujosamente, aunque sin ninguna elegancia, con librea de flamantes galones; un personaje, en fin, del cual se podía decir que era un cortesano que parecía lacayo, y un lacayo que parecía cortesano. Recostado en muelle sillón, fumaba un habano, y su coloquio con el duque era tan corriente y por igual, que dos duques no se hubieran hablado de otro modo... Ni tampoco dos lacayos.

Cuando entré, el duque dijo:

—Podemos seguir hablando, señor Collado. Pipaón es de confianza y no importa que nos oiga.

—Es que Su Majestad se despertará pronto; llamará y tengo que llevar el agua —repuso Collado mirando el reló .

—Aún es tiempo —dijo el duque vivamente—. Para concluir, señor Collado...

—Para concluir, señor duque...

—Concedo las dos bandoleras a cambio de la canonjía.

—Que no puede ser, que no puede ser...

—Pues vaya... tres bandoleras.

—¡Qué pesadez de hombre! —exclamó el de la librea, que no era otro que el eminente Chamorro, ayuda de cámara de un alto personaje—. He dicho a Su Excelencia que me pida el arzobispado de Toledo o media docena de mitras sufragáneas, pero que me deje en paz esa canonjía de Murcia, que es plaza de gran empeño para mí, porque la tengo prometida al sobrino de mi cuñada.

—Pues precisamente esa canonjía de Murcia y no otra es la que yo quiero con preferencia al arzobispado metropolitano —afirmó el duque agitando los brazos—. Se la prometí a la condesa, se la prometí, le di mi palabra de honor... Señor Collado, por amor de Dios... Disponga usted de dos plazas de guardia... vamos, de tres.

—Ni de cuatro. ¿Para qué quiero yo eso? —repuso Collado con desdén, contemplando el humo que desde su boca subía hasta el techo en blancas espirales—. Traigo entre manos la comandancia general de la plaza de Santoña...

—Ya sé para quién es eso —dijo el duque con presteza—. Ya se convino en darla al marido de la Pepita.

—De doña Rafaela, dirá usted, de doña Rafaela.

—¡Doña Rafaela! Esa mujer es insaciable. Se ha llevado ya todas las plazas fuertes, y quiere también echar mano al Consejo Supremo de la guerra. No he visto mujer que tenga más parientes. Es prima, hermana y sobrina de medio ejército... ¡Y la pobre Pepita a quien yo prometí!...

—No faltará para ella —repuso Collado—. En esa lista de vacantes que tiene Su Excelencia, ¿no se le había señalado a Pepita (para su tío el clérigo, se entiende) la Colecturía general de Expolios y Vacantes, Medias Annatas y Fondo Pío beneficial?

—Si no hay tales vacantes —repuso el duque de mal humor—; las he provisto todas. Veamos otra cosa: ¿quién cae?

—Ya recordará Vuecencia los que perecieron anoche —manifestó Collado, sonriendo con malicia—. Está abierto el hoyo para dos consejeros de Órdenes, por *tibios* y amigos de Macanaz.

—Y para el director de Tercias Reales, si no recuerdo mal.

—Y para dos beneficiados del *Venerable e inmemorial cabildo de Guadalajara*.

—También tiene la marca en la frente —añadió el duque, con satisfacción parecida a la de los labradores cuando hablan de buena cosecha— el superintendente de Correos, por haberse negado a dar cuenta de aquellas cartas sobre el baile de máscaras.

—Muchos puestos hay —afirmó Chamorro con enfáticas pretensiones de gracejo—, pero hoy han venido tres obispos con trescientas solicitudes de guerra o marina. Esto es mezclar berzas con capachos.

—¡Qué demonio!... ¿Y destierros, hay algunos?

—Tal cual... Así andamos. Pero ¿no se le concedieron a Vuecencia unos trece o catorce la semana pasada?

—Es verdad; pero los he gastado todos. Quisiera más —dijo Alagón con disgusto—. ¿No ve usted que necesito muchos puestos vacíos? ¡La condesa, Juanita, doña Romualda! Si no me dejan respirar... Esa gente con nada se satisface. Creen que la nación se ha hecho para ellas. Ya se ve: como ellas parecen hechas para la nación...

—Pues Su Majestad hace días que anda muy reacio, señor duque —afirmó Pedro con burda socarronería—. Dice que abusamos.

—¡Que abusamos!

—Y que es preciso en la provisión de destinos dejar algo a los ministros, porque estos se quejan de la nulidad a que están reducidos y del tristísimo papel que hacen.

—Aquí hay alguna mano oculta, señor Collado —exclamó con rabia el duque—. Aquí hay alguna intriga. A usted y a mí nos están engañando, y con vivir tan cerca de Su Majestad, no sabemos lo que pasa.

Chamorro se encogió de hombros. El duque mirome con atención, y sus ojos parecían decirme: ¿Qué piensa usted?

—Todo depende —dije yo, rompiendo el silencio que, por darme mayor importancia, había guardado hasta entonces—; todo depende de los humos que han echado algunos ministros, como el fatuo, el insolente don Pedro Ceballos; como don Juan Pérez Villamil y otros.

—Bien, muy bien dicho —exclamó el antiguo aguador de la fuente del Berro, dándome una palmada en la rodilla para demostrarme su conformidad absoluta con mi parecer.

—Observen ustedes bien, cuál es el plan de los ministros —proseguí enfáticamente—. El plan de los ministros bien claro se ve... Es apoderarse del ánimo de Su Majestad, inclinarle a aceptar todas las medidas que ellos proponen, ordenar las cosas de modo que todos los asuntos públicos sean resueltos por ellos, y todos los destinos dados y quitados por ellos.

—Justo, eso, eso es —exclamó el duque—, Pipaón ha puesto el dedo en la llaga.

—Bien claro lo demuestran las providencias que se están tomando —dijo Chamorro con ademán meditabundo—. Para imponer su voluntad, han empezado por aconsejar al Rey que vaya dejando a un lado las medidas de rigor. ¡Oh!, aquí hay algo. En la aldehuela, más mal hay del que se suena.

—Como que ya han acordado suprimir las comisiones de Estado, y se han prohibido las denominaciones de *serviles* y *liberales* —indiqué yo—. En suma, señores, hay en el ministerio algunos individuos que se manifiestan deferentes ante el monarca; pero ¿qué pensaremos de un Ceballos, de un Villamil? ¿Qué pensaremos, repito, al verles empeñados en llevar el gobierno por los torcidos caminos de una tibieza hipócrita?

—Una tibieza que no es más que constitucionalismo disfrazado —dijo Alagón, dándoselas de muy perspicuo.

—¡Constitucionalismo! —repitió Collado—. Así se lo he dicho esta mañana. Debajo del sayal hay al.

—¿Y qué dijo? ¿No hizo alguna observación chusca? —preguntó con interés vivísimo el duque.

—Siempre que le hablo de esto, calla como un cartujo —repuso con descorazonamiento Collado. Al buen callar llaman Fernando.

Los dos palaciegos permanecieron meditabundos por breve rato.

—Yo no sé qué raíces echa el tal don Pedro donde quiera que pone los pies —dije yo—; pero es lo cierto, que cuando se instala, no se deja echar a dos tirones.

—Es hombre listo y que sabe manejarse —añadió el duque—. Cuando ha sabido hacer olvidar sus servicios a Bonaparte en Bayona y a las Cortes en Cádiz...

—Pues si he de ser franco, señores —afirmé yo con mucha hinchazón y petulancia—, manifestaré a ustedes una cosa, y es que... Vamos, lo diré en dos palabras. Si yo viviera en esta casa, don Pedro Ceballos no duraría una semana en el ministerio.

—¡Ay, amigo! —me dijo el duque, poniéndome familiarmente su noble mano en el hombro—. ¡Usted no sabe qué clase de casa es esta!

—Se intentará, señores, se intentará —dijo Collado, rascándose la frente—. Otras cosas ha habido más difíciles.

—Mucho más fácil sería dar en tierra con Villamil; ¿no es verdad, señor Pedro?

—Ese tiene su pasaporte colgado de un pelo, como la espada de Demóstenes —afirmó socarronamente el aguador.

—De Damocles, querrá usted decir —indicó Alagón—. Pues es preciso romper ese cabello; ¿me entiende usted, señor Collado?

—Ya, ya, se hará —murmuró el ex-aguador, dándose importancia—. Yo creo que Su Majestad tiene razón, señor duque. Estamos abusando, estamos abusando de su mucha bondad. Verdad es que si algo hacemos, muévenos el gran cariño que le tenemos todos.

—¡Abusar! —exclamó el duque con desabrimiento—. Por mi parte hace tiempo que estoy casi en desgracia. Recibo muy pocos favores.

—¡Hombre de Dios, y todavía se queja! —gruñó Collado, con cierto enojo—. ¡Después que a cambio de las condenadas bandoleras, se ha llevado la mitad de los beneficios, de las prebendas, de las raciones, de las abadías, de las capellanías, de las colecturías, de las examinadurías sinodales, de las definidurías de la Santa Iglesia! Y todavía pide más. ¿Qué es lo que pide la mona? piñones mondados.

—Ya ve usted... —repuso el prócer con mal humor—. No he podido conseguir la canonjía de Murcia, que es para mí de gran empeño... Pero no cedo; esta noche misma hablaré de ello a Su Majestad... Veremos si cuento con Artieda, hombre de gran poder en la provisión de piezas eclesiásticas.

—Artieda —repuso Chamorro—, trae entre manos una moratoria que solicitan las señoras de Porreño.

—¿Y se la concederán? —pregunté sin mostrar interés.

—Creo que sí. Viene recomendada por una cáfila de reverendos.

—Si es cosa de Artieda —añadió el duque—, la doy por ganada. Ese endiablado guarda-ropas, con su aire mortecino y su cabeza caída como higo maduro, vale más que pesa.

—Fue criado de la casa de Porreño —dijo Collado con distracción, arrojando la cola del cigarro.

—¡Pobre señor de Grijalva! —exclamó Alagón—. Buen chasco se lleva, si las de Porreño consiguen la moratoria.

—Por cierto que soy amigo de Grijalva —manifestó Chamorro—, y ha venido esta mañana a solicitar mi favor para que pongan en libertad a su hijo.

—Un mal criado niño, que en los cafés ha calumniado al mejor de los Reyes y al más generoso de los hombres —dije.

—¡Calaveradas! —balbució el duque—. Y usted, señor Collado, ¿aboga por Gasparito?

—Sí señor —repuso el ayuda de cámara—. Tengo empeño en ello, y creo que no me será difícil...

—Si es usted omnipotente...

Collado se levantó.

—Repito mi proposición —le dijo el duque, agarrándole por la solapa de la librea—. Doy dos bandoleras.

—No.

—Tres.

—No... he dicho que no.

—¿Pero se va usted?

De repente callaron ambos, porque se abrió la puerta, y apareciendo en ella un lacayo, gritó:

—¡señor Collado, la campanilla!

Chamorro corrió fuera de la habitación con la rapidez de un gato.

—Ha llamado —dijo el duque sentándose—. Señor de Pipaón hablemos.

XII

¡El duque!... ¡Oh!, no puedo escribir una palabra más sin hablar del duque largamente, para que se conozca a uno de los personajes más extraordinarios de aquella eminente y nunca bien ponderada corte.

¿Quién no hablaba entonces del duque aunque solo fuera para referir sus antecedentes y contarle los pasos todos de su rápido encumbramiento, pues fue hombre que en cuatro años pasó de la nada de *Paquito Córdoba* al Ducado de Alagón con grandeza de España, toisón de oro, grandes cruces, y el mando de la guardia de la Real persona? Era espejo de los libertinos de buena cepa, cabeza de los cortesanos y hombre de sutiles trazas para zurcir y descoser voluntades palaciegas.

Gozaba el privilegio de una buena presencia, aunque se le iba gastando, porque nada es menos duradero que la hermosura, y el duque con sus cuarenta y cinco años a la espalda principiaba a ser una muestra gloriosa, una sombra de grandezas pasadas. Su trato y sus modales eran finos; su conversación poco agradable en lo que no fuese del dominio de la intriga, porque no eran muchas sus humanidades. Verdad es que maldita la falta que esto hacía a un señorón de sus condiciones, y que no había de ponerse a maestro de escuela. Bastábale y aun le sobraba para realzar su nobleza nativa y la posición conquistada un conocimiento profundo de todas las suertes del toreo, desde las más antiguas hasta las más modernas, picando en esto casi tan alto como Pedro Romero, a quien por entonces le empezaba a despuntar sobre el coleto la borla de doctor y el birrete de maestro de las aulas de Sevilla. Paquito Córdoba era además en cuestión de caballos un centauro, es decir, tan buen caballero que con el caballo se confundía. ¡Qué ojo el suyo para adivinar las buenas y malas prendas de sangre sin más que ver el pelaje de aquellos nobles brutos! ¡Qué mano la suya para entrar en razón al más díscolo, para quitar resabios y dar aplomo al ligero, gracia y desenvoltura al pesado, formalidad al querencioso!

No se crea por esto que el duque era aficionado a la guerra. El ruido le daba dolor de cabeza, y además ¿para qué se había de molestar, cuando había tantos que por un sueldo mezquino peleaban y morían por la patria? Militar era el personaje que describo, y bien lo probaba su noble pecho lleno de cuanto Dios crió en materia de cruces, cintas y galones... Y no se hable de improvisaciones y ascensos de golpe y porrazo; que hasta los nueve años no tuvo mi niño su real despacho, merced a los *méritos contraídos por su madre como dama de honor.* A los once ya le lucían sobre los hombros dos charreteras como dos soles, sin omitir el sueldo que no era mucho para el trabajo ímprobo de ir todos los meses a presentarse a la revista. A los veinte pescó la encomienda de Santiago, y luego fueron cayéndole los grados, no atropelladamente y sin motivo como los cazan estos que se elevan por el favor y la torpe intriga, sino despacito y en solemnidades nacionales como un besamanos, el parto de una reina, los días del Rey y otras fiestas de gran regocijo público y privado. Bien ganados se los tenía, pues reinando Godoy, no costaba pocas cortesías, mimos, genuflexiones y artimañas el coger un grado en aquella inmensa Babel de los salones de la casa de Ministerios, donde se chocaban unas contra otras, produciendo mareo y rumor indefinible, grandes oleadas de pretendientes de ambos sexos.

Nombrole Fernando capitán de su guardia en 1814, cargo que desempeñaba a pedir de boca. Daba gusto ver aquella guardia. Paquito la puso en tan buen pie, que no parecía sino cosa de teatro. Verdad es que se gastaban en el equipo de aquellos hombres sumas colosales, de las cuales nunca se dio al Tesoro, ni había para qué, la correspondiente cuenta y razón. Carecían de límite los dineros asignados a tan importante fin, y en ley de tal, el duque iba pidiendo, pidiendo, y el Tesoro dando, dando; pero como era para mayor esplendor de la corona, los ministros no decían nada. Acontecía que muchas veces los oficiales del ejército de línea no veían una paga en diez meses; pero ¡qué demonio!, no se podía atender a todo, y eso de que cualquier bicho nacido, hasta los oficiales en activo servicio, dé en la manía de estar siempre piando piando por dinero, es cosa que aburre y mortifica a los más sabios gobernantes.

No sé cómo les aguantaban. Especialmente los marinos a quienes se debía la bicoca de *setenta* pagas, no dejaban pasar un año sin importunar al Gobierno con ridículos memoriales que destilaban lágrimas. Harto hizo Su Majestad, permitiéndoles consagrarse a la pesca, oficio denigrante para tan noble instituto, y no lo tolerara ciertamente el sabio poder absoluto, si no aconteciera que un oficial que había estado en Trafalgar se murió de hambre en el Ferrol, y que otros cometieran la villanía de ponerse a servir de criados para poder subsistir.

De seguro que los guardias de la real persona y su capitán el duque de Alagón no se quejaban de falta de pagas, pues este las recibía puntualmente, con la añadidura de mil valiosos regalillos que el Rey por cualquier motivo le hacía. Los hombres que se hallan en posición tan elevada no deben sufrir denigrantes escaseces; que eso sería deslustrar el brillo del absolutismo, y rebajar la dignidad de todo el reino; y como Paquito Córdoba no había heredado de sus padres cosa mayor, Su Majestad le hizo cesión, a él y a otros individuos, de una parte del territorio de las Floridas, que no era ningún barbecho. No bastando esto, concediósele también el privilegio de introducir harinas en la isla de Cuba con bandera extranjera, el cual derecho era una minita de oro. Para explotarla, Alagón tenía por socio a un barón de Colly, de quien no se sabía si era irlandés o francés; aventurero, arbitrista, proyectista, hombre incalificable que años atrás había intentado sacar de Valencey al príncipe cautivo y traerle a España.

Murmuraban muchos del privilegio de las harinas... que es muy común eso de no ver con buenos ojos al prójimo que saca el pie de la miseria. ¡Válgame Dios! ¿Por qué no se había de permitir al duque que se redondeara? Pues qué, ¿no es muy conveniente para la república que abunden en ella los hombres ricos? ¿Y por qué no había de serlo el duque, cuando con ello no perjudicaba más que a los tunantes labradores de toda Castilla, hombres ambiciosos, tan comidos de envidia como de miseria, y que todo lo querían para sí?

La amistad del duque y el soberano era íntima. Algunos decían que Alagón era un hombre *asiático*. ¡Qué vil calumnia! ¡Llamarle así porque gustaba de servir dignamente a su amigo! Buen tonto habría sido el duque si hubiera permitido que otro se encargara de las comisiones que él sabía desempeñar a maravilla. Sobre que el resultado habría sido el mismo, llevábase el provecho cualquier hidalguete de gotera o capigorrón entrometido.

Público es y notorio que ni uno ni otro gustaban de escándalos; nada de eso. En las recepciones públicas y audiencias privadas, amo y siervo tenían un sistema de señales mímicas, por las cuales se telegrafiaban cuanto había que comunicar respecto a las damas postulantes. Como aficionado a estudiar por sí las costumbres del pueblo para aliviar sus necesidades y ver prácticamente los resultados de su gobierno absolutísimo, Fernando salía por las noches del regio alcázar, para lo cual, puesto de acuerdo el duque con el oficial de la guardia, eran alejados del paso todos los soldados. ¡Qué llaneza y familiaridad en un príncipe autócrata! ¡Qué elevación en su humildad, y cuánto se sublimaba abatiéndose hasta tocar con sus augustos codos los harapos del pueblo!... Porque Rey y favorito no salían para visitar los palacios de los grandes, ni darse tono en las principales calles y sitios públicos, entre galas y boato, sino que callandito y sin pompa se iban muy a menudo en la oscuridad de la noche a visitar a los pobres.

Y daban muy buenas limosnas; vaya... Me lo contó Juana la Naranjera.

XIII

—¿Con que le conviene a usted —me dijo el duque afectuosamente— la Real Caja de Amortización?

—Si el mejor servicio del Rey me lleva a esa dirección —repuse— ¿por qué no?

—Ya convine con don Agapito Ugarte, que es usted el único hombre a propósito para tal puesto.

—Gracias, muchísimas gracias, señor duque. Es usted tan bondadoso... Sí, don Antonio tiene mucho empeño en que yo dirija la Caja de Amortización. Esa serie de juros de 1803, que andan por ahí, sin que nadie los quiera, necesitan una mano cariñosa que les dé colocación con preferencia a los que ahora tienen el turno.

—Perfectamente —dijo satisfecho de mi perspicacia—. Esos pobres juros no valen dos reales hoy; pero para todo hay remedio...

—Para todo, señor duque.

—Los únicos poseedores de ese papel somos Ugarte, yo... y otra persona.

—Comprendido.

—Hicimos la tontería de adquirirlos al dos...

—¡Oh!, no me cuente Vuecencia la historia. Si fui yo el encargado de comprarlos. Se compraron con intención de asimilarlos a los demás juros. Don Antonio y yo hemos hablado largamente del asunto, y es cosa arreglada, habiendo una mano enérgica en la administración.

—Muy bien —dijo Su Excelencia regocijado de mis procedimientos ejecutivos—. Pero harto sabe usted, Pipaón, que esa mano enérgica (ya hemos convenido que será la de usted), que esa mano enérgica, repito, no podrá extender sus dedos de hierro, mientras sea ministro de Hacienda el señor don Juan Pérez Villamil.

—Por de contado. Mas en Madrid todos dan por muerto a Villamil.

—De eso se trata —afirmó preocupado—. Pero no es tan fácil como parece, por más que diga el señor Collado... ya usted le oyó... Villamil está apoyado por Ceballos, el cual tiene muy buenos asideros.

—Mas es tan deplorable la política de este señor, que no sería difícil dar con él en tierra... Digo, me parece a mí.

—Vaya si es deplorable. Todo el reino está alarmado ante las amenazas de los liberales —dijo el duque mostrando mucho su celo por el bien público—. Las conspiraciones crecen.

—Y cómo no han de crecer, si ha desaparecido el coco de las comisiones de Estado, si hasta se han prohibido las denominaciones de *liberales* y *serviles*; si se ha mandado que en el término de seis meses queden falladas todas las causas por opiniones políticas.

—Así no hay gobierno posible; es lo que yo digo. Así volvemos a los tumultos de la Constitución, al democratismo, al desorden de los papeles periódicos, de los clubs y de los cafés discursantes.

—Y se conspira, se conspira. Ya se lo demostraremos a Su Majestad.

—Si es inconcebible que no lo comprenda. ¡Qué falta nos hace ahora el bailío Tattischief! Ya podía haber dejado su viaje a París para mejor ocasión. ¿Y el señor de Ugarte cuándo viene de Guadalajara?

—De mañana a pasado. Por no poder hacerlo hoy me escribió para que, de acuerdo con Vuecencia, estuviese a la mira del sucesor de Villamil en caso de que éste caiga.

—¡Oh!, no hay duda en eso —afirmó el duque con resolución—. El nuevo ministro de Hacienda será don Felipe González Vallejo.

—Así lo espera don Antonio.

—Y así será. Si es el candidato del infante don Antonio, que hace tiempo bebe los vientos por darle la cartera...

—Y en verdad, no hay hombre más a propósito —indiqué yo—. Vallejo no será tan reglamentario como ese testarudo *alcalde de Móstoles*, que no perdona un número ni una letra, y abruma a todos los empleados con su nimiedad escrupulosa. De todo quiere enterarse, y ha de meter su hocico en los asuntos más insignificantes.

—¡Una calamidad! —exclamó Alagón con cierta somnolencia, arrellanándose en su sillón—. Dicen por ahí que Vallejo no sirve para el ministerio de Hacienda, porque ha derrochado su fortuna y la de su mujer.

—Y que administró detestablemente la fábrica de paños de Guadalajara.

—Y que es un ignorante aturdido. Digan lo que quieran, para ser ministro de Hacienda no se necesita ser una lumbrera, ¿no es verdad, Pipaón? Cobrar lo que le dan, entregar lo que le piden... Cuando no lo hay, ellos no lo han de sacar de las piedras...

—Y para echar contribuciones no se necesita ser un Séneca; ¿no es verdad, señor duque?...

—Si al menos lograran satisfacer las atenciones más sagradas... pero es calamitoso lo que pasa. El Tesoro privativo del Rey, aquel del que libremente y a su antojo dispone Su Majestad, no toma del Tesoro público todo lo que debiera tomar, porque las arcas están casi siempre vacías. Verdad es que los directores de loterías y otros empleados de Hacienda regalan a Su Majestad, bajo el pretexto de ahorros, grandes sumas, que si no...

—Aun así, este año van depositados en el Banco de Londres algunos milloncejos —dije con malicia.

—Poca cosa... —repuso con desdén el duque—. Gracias a que Su Majestad vive hoy con mucha economía... Ya sabe usted que ha dispuesto suprimir el regalo que antes se hacía a la servidumbre a fin de año.

—Sí, toda la ropa blanca usada por las reales personas.

—Además ha suprimido mil inútiles despilfarros, porque el reino está agobiado de contribuciones, el Tesoro público vacío... Yo calculo que Su Majestad, arreglándose a la mayor sobriedad posible, no habrá gastado en el año que acaba de transcurrir, arriba de *ciento veinte millones.*

—El año que viene será más. ¿No ha oído Vuecencia hablar de boda?

—No conozco más que los proyectos de Ugarte y de Tattischief... ¡Una princesa rusa!... —indicó meditabundo—. Dudo mucho que eso se realice... ¿Ha dicho usted que don Antonio viene?...

—Mañana o pasado.

—Si lográsemos despachar el asunto de Villamil, ya podría pensarse después en lo de la princesa rusa.

—El asunto de Villamil —dije yo en el tono más lisonjero que me fue posible— me parece resuelto, desde que hombres tan poderosos han puesto su mano en él. Por mi parte, en la Real Caja de Amortización estaré a las órdenes de Vuecencia.

—Gracias, Pipaón —me dijo con benevolencia suma—. Ya sabe usted que si el asunto fuera de interés mío exclusivamente, no lo tomaría tan a pechos; pero alguna persona muy superior a nosotros desea que esto se arregle.

—Comprendo... La monarquía absoluta tiene gastos inmensos... Todo es poco para ella.

—También necesita atender a todo, señor mío —afirmó sentenciosamente.

—Por eso me congratulo en extremo —añadí humillando la frente—, de contribuir con mis cortas fuerzas a este concierto admirable, sin que en la humilde sumisión mía haya el menor asomo de interés... pero ni el menor asomo de interés. Nada pido, señor duque.

Diciendo esto, me levanté para marcharme.

—Usted no necesita pedir para obtener —replicó—. Tan grande es su mérito y la solicitud que manifiesta en el buen servicio del Rey, y del reino... ¿No se le antoja a usted nada en estos días?...

—No, nada... Lo que es por ahora... —dije vagamente, como quien recuerda.

—¿Nada en que yo pueda servirle? —repitió levantándose también.

—Ahora recuerdo, señor duque... una bicoca... Tenía empeño en... Puesto que Vuecencia se empeña, voy a pedir dos favores, dos favorcillos nada más.

—¿Dos nada más?

—Dos. He oído hablar hace poco de una moratoria...

—Solicitada por la hermana del difunto marqués de Porreño. ¿Desea usted que se conceda?

—Al contrario, deseo, mejor dicho, tengo mucho interés en que no se conceda.

—Ese asunto lo trae en su cartera Artieda, guardarropa de Su Majestad. Es muchacho hipócrita, pedigüeño, y que, como tal, sabe sacar mendrugo. Es muy posible, muy posible, señor de Pipaón, que consiga la moratoria. En fin, yo veré.

—Haga Vuecencia lo que pueda, que yo por mi parte, si voy estas noches a la tertulia, veré cómo me las compongo con el señor Artieda.

—¿Y el otro favor?

—Es relativo al hijo de don Alonso de Grijalva.

—Ya... Es usted su amigo. ¡Hombre generoso! ¿Quiere usted que se deje en paz al muchacho y se le ponga en libertad?

—Al contrario; deseo que siga en la prisión.

—¡Hola, hola!... Por lo visto, usted protege el bolsillo de Grijalva, pero no apadrina las calaveradas de Gasparito... Buen propósito; me parece un excelente sistema. Aquí vislumbro todo un plan de moralidad perfecta.

—Me desvivo por arreglar a una familia perturbada. ¿Seré ayudado en mi noble tarea por Vuecencia?

—Eso es más fácil. Un preso más, un viajero más a tomar los aires de Ceuta.

—No, es que no quiero enviarle tan lejos. ¿A qué esa crueldad? Tengámosle en la cárcel de la Corona hasta que madure.

—¿Hasta que el joven madure?... Bien: por mi parte, haré lo que pueda.

—Señor duque, las promesas vagas de Vuecencia son para mí concesiones, y sus esperanzas realidades. Cuento con Vuecencia. Adiós.

—Adiós, Pipaón, que no deje usted de venir una de estas noches... Agrada usted, agrada usted mucho... Se celebran sus chascarrillos y su gracejo para contar las cosas.

—Vendré, vendré. Hasta luego, señor duque.

—Abur.

XIV

Dirigime a casa de las señoras de Porreño, y hallé a doña María de la Paz muy gozosa por el buen giro y excelente aspecto que iba tomando su asunto. Acababa de salir de la casa el señor de Artieda, quien dio tales esperanzas y presentó la cuestión en tan buen pie para marchar a un feliz éxito, que ya se consideraba ganada la partida. Artieda, y dos o tres señores de la clerecía con el gobernador del Consejo, habían tomado a su cargo el negocio, siendo evidente que con tales pilotos (frase de doña María), el barco de la moratoria, combatido por los aquilones de la envidia, no podía menos de llegar a puerto seguro.

Yo dije a la señora que acababa de hablar en pro de su pretensión a varias personas de mucha raíz en la corte, lo cual me agradeció mucho. Añadí que estuviera tranquila, pues yo tomaba el negocio como mío, y no pararía hasta conseguirlo, empresa no difícil para un hombre que, a más de tener tantas relaciones, escupía en corro con los señores del Consejo. Después hícele una explicación detallada de lo que eran las moratorias, enumerando las cuatro clases de ellas, a saber: *cesión de bienes, pleito u ocurrencia, espera o moratoria*, y *quita de acreedores*, asentando que la que nos ocupaba pertenecía a la tercera categoría, por ser concesión graciosa del príncipe; y aunque el Consejo —dije con escrupulosidad curialesca—, rinda tributo a la majestad de las leyes, dictando el auto de *traslado al acreedor*, y luego el de *pase a justicia*, todo será cuestión de fórmula, resultando al cabo que el señor de Grijalva no tendrá más remedio que conformarse y tragar el auto final de *no se moleste a la parte por tantos o cuantos años*.

Esta explicación y los pomposos encarecimientos de mi poderío, fueron causa de que las tres damas me obsequiaran con inusitado esplendor, brindándome dulces de los mejores y vino de las tierras de Porreño. Gustome el licor, y tomando pie de él y de su aromática finura, conferenciamos acerca de aquellas tierras, yo pidiéndoles informes y dándomelos las señoras con tanta ufanía como verbosidad.

A este punto entró la señora condesa de Rumblar con su linda hija, y retirándose adentro después las señoras mayores y doña Paulita, que iba a la tarea de sus devociones, nos quedamos solos Presentacioncita, doña Salomé y yo.

—¿No repara usted que estoy muy alegre, Pipaón? —dijo la graciosa muchacha.

—Sí, señora, lo había notado —respondí dando el último adiós al vino y dulces con que acababan de obsequiarme—. Eso prueba que el tiempo es la gran medicina de las enfermedades del corazón y del espíritu. Dígolo porque hace ya algunos días que mi señor don Gasparito está a la sombra (sin que hayan valido mis generosos esfuerzos por sacarle), y el sustillo ha ido pasando, y con el sustillo la congojilla, y con la congojilla ansiosa, las lágrimas dulces... ¡Oh! ¡Dichoso el prisionero cuyas rejas son regadas con el divino licor de esos ojos!

—Don Juan, don Juan... que se pone usted Feo diciendo esas cosas... Si no lloro, si no estoy triste, si no hay ya nada de congojas, ni suspirillos —exclamó con tan franco y seductor arranque de alegría, que me desconcerté completamente.

—¿Pues qué, señora doña Presentacioncita?...

—Si se ha escapado.

—¡Se ha escapado! —exclamé con súbita ira, dando un salto en la silla—. ¡Se ha escapado ese tunante! ¿Cuándo? ¿Cómo? ¡Qué carceleros, santo Dios, qué carceleros!... ¡Luego quieren que haya justicia en España!

—¿Pero lo siente usted?

—¡Escaparse! Después de haber hablado en público de las cartas de Su Majestad a Napoleón...

—Más vale así. Se ahorra usted el trabajo...

—No, no señora —dije procurando dominarme—. No, yo quería que fuese puesto en libertad en toda regla, después de un *sobreséase* como un templo. De este modo estaría más seguro, y podría vivir tranquilamente donde mejor le conviniera, mientras que habiéndose fugado de la cárcel, le perseguirán, le cogerán de nuevo, y entonces sí que será ahorcado.

—¡Ahorcado! —gritó con ira—. ¡Ay! Me asusta usted. Yo estaba contenta y usted ha venido a afligirme otra vez.

—¿Sabe usted dónde está?

—Lo sé, sí señor. De eso iba a tratar cuando usted me ha puesto en ascuas.

—¿Dónde, dónde?

—Despacio. No está en casa de su padre, al cual ha desagradado con su escapatoria, por el temor de que se le persiga más.

—Es claro.

—Gasparito se ha refugiado en una casa humilde, muy humilde, desde la cual me ha escrito, contándome todo. ¡Ay!, qué dolor tan grande —añadió dando un suspiro—. Está muerto de hambre y lleno de inquietudes, por miedo a que le denuncien los amos de la casa.

—Y harán perfectamente. Bien merecido le estará a ese jovenzuelo imprudente su última calaverada y el no haberse estado quietecito en la cárcel, esperando a que yo le sacara.

—Sea lo que quiera —dijo la niña en tono de mujer seria—, es preciso sacarle de la terrible situación en que está.

—¡Sacarle!, y ¿cómo?

—Yo tenía un proyecto —indicó sonriendo con toda su gracia exquisita—, un proyectillo... y contaba con usted, sí, señor, con usted, para que me ayudara.

—¡Conmigo!

—Con el hombre generoso y bueno, con el corazón de oro, con la inteligencia sublime, con la voluntad firme, con Pipaón en fin.

—Eso es, Pipaón sirve para los apuros, para los peligros; pero en tiempo de bonanza, Pipaón es un pobre hombre que no sirve sino para burlas.

—Si vamos ahora a disputar sobre esto, no tendremos tiempo de ocuparnos de lo otro —dijo con impaciencia.

—Veamos lo otro: siempre será otra... bromita.

—Pipaón —añadió con voz meliflua, y poniendo en sus ojos un abreviado paraíso de dulzura, de hechizo y de seducción—. Yo tengo un proyecto, en el cual me ha de ayudar usted... Yo quiero ir esta noche a llevar algún socorro a Gaspar, y cuento con que me acompañe, con que me lleve usted.

—¡Esta noche!... ¡Los dos! —exclamé absorto, sin saber si negarme o aceptar.

—¡Esta noche!... ¡Solitos!... Mejor dicho, con doña Salomé, que también quiere ir porque también quiere dar ella algún auxilio al pobre muchacho.

La ilustre y ya marchita dama, que hasta entonces no había desplegado sus labios, me miró con cierto vislumbrillo de enojo, y dijo:

—Si el señor don Juan no quiere ir con nosotras, no faltará un galán cortés y fino que nos acompañe.

—¿Acaso he dicho yo algo, señoras? —repuse humildemente, considerando que la expedición era muy conveniente para mí por todos los conceptos—. Vamos a donde ustedes quieran, aunque sea al fin del mundo.

—No es tan lejos —dijo Presentación—, aunque por ahora no se le revelará a usted la calle ni la casa.

—Yendo conmigo, la condesa dejará salir a Presentación. Salimos al oscurecer —afirmó doña Salomé, revelando en su rostro de tafetán el deleite que aquellos livianos pensamientos de escapatoria le causaban—. Decimos que vamos a la novena del Ángel de la Guarda, y que a la vuelta subimos un ratito a casa de la marquesa, que ha dado a luz dos niñas de un parto.

—Y luego que veamos al pobre Gasparito y le consolemos y le demos algún socorro —añadió la muchacha—, le sacaremos de allí, y como no hay lugar más seguro que la vivienda de un cortesano del despotismo, don Juan se lo llevará a su casa.

—¡A mi casa! ¡Llevar a mi casa a un prófugo, a un reo de lesa majestad!...

—Vamos, amigo —dijo la niña con donaire, plantándome su divina manecita en el hombro—, no nos venga usted aquí con palabrotas. Aquí no hay delito ni majestades. Si usted no le lleva a su casa, si usted no le esconde, reñiremos para siempre. No me mire usted, no me hable, no se ponga donde yo le vea.

Como prometer no era cumplir, ni la aquiescencia verbal equivalía a positivas concesiones de mi parte, prometí cuanto me pidieron y convine en todo lo que tuvieron a bien proponerme, con reserva de hacer después lo que me pareciera más conforme a la justicia, al bien del Estado y a mi propio sagrado interés.

Y para no cansar, aquí me tienen ustedes embozado en mi pañosa, con el sombrero hasta las cejas (si bien la oscuridad de la noche y el macilento alumbrado de la villa ahorraban precauciones), llevando una madama pendiente de cada brazo, como en los buenos tiempos de cuchilladas y amoríos, pasando de calle a callejón y de callejón a plazuela, ora deprisa para huir de un grupo de curiosos, ora despacio para recrearnos con el majo cantar que por las rejas de una casa humilde salía a veces callados los tres, a ratos hablando y riendo, regocijadas ellas de la libertad que gozaban, mientras las severas matronas nos suponían carcomidos de devoción en la novena del bendito Arcángel.

A mí me gustaba también el paseo, porque eso de llevar dos damas, una a cada costado, en la oscuridad de la noche y en un pueblo como Madrid, donde se abren tantas puertas al aventurero amor y a los locos deseos, no es cosa de despreciar. Yo oprimía con el vivo apetito del contacto el brazo de la de Rumblar, dejando el de la otra en libertad de que juntara o no su flaqueza con la del mío.

—¿Pero llegamos o no? —pregunté a la muchacha.

—Ya pronto. ¿Es esta la calle del Águila?

—La del Águila es.

—Bueno... Ahora a la del Rosario.

—Pues a la del Rosario. Supongo que no será para rezarlo. Parece mentira que en una casa que lleva ese nombre tan devoto se esconda un reo de lesa majestad.

Presentacioncita me clavó sus dedos en el brazo con tanta fuerza, que lancé un grito.

—Por infame y deslenguado —dijo ella.

Al entrar en la mencionada calle, doña Salomé preguntó, señalando una casa:

—¿No es por aquí?

—Aquí —dijo Presentación, señalando la inmediata y acompañando su ademán de amoroso suspiro—. Creo que es el número 4...

—El 4 es. ¿Llamamos?

Llamé a la puerta, no sin cierta zozobra de que algún bárbaro malsín apareciera y me solfease de lo lindo. Según habíamos convenido, pregunté a la mujer que franqueó la puerta si vivía en aquellos aposentos un joven llamado don Federico, el cual había venido poco ha de Toledo. Díjonos la mujer con muy malos modos que el joven se había marchado de aquella honrada casa para ir a otra de la calle del Bastero, número 6, donde de seguro le encontraríamos, porque andaba muy tapujado y no salía a la calle.

Fuimos a la del Bastero, y en su número 6 nos detuvimos para decidir qué resolución se tomaría, porque no era prudente arriesgarse en aventuras por tales sitios. Yo estaba ya arrepentido de haber metido mis manos en aquel peligroso fregado, mayormente cuando oí rumor de pendencias en la inmediata calle del Carnero.

—¿Qué hacemos? —pregunté a la decidida Presentacioncita.

—Llamar.

Doña Salomé, que participaba de mis temores, dijo:

—Es demasiado tarde y esto está muy lejos. Me arrepiento de haber venido aquí. Soy de opinión que nos retiremos.

—Llame usted, Pipaón, y pregunte —ordenó la joven.

En el piso bajo había una taberna, lo que me pareció de malísimo augurio, y las voces y juramentos que de ella como de un antro infernal brotaban, ponían miedo en el más esforzado corazón. Pero no hubo más remedio; llamé y hecha mi pregunta salió un portero rufián, el cual con muchísima sandunga nos dijo que entrásemos y que si no el doncel buscado (de quien no podía asegurar estuviese en la casa), había otros muchos, que recibirían bien a las madamas.

A regañadientes entré yo, empujado más que conducido por la amante doncella, y bien pronto nos hallamos en un patio de esos que sirven de centro a una casa de Tócame-Roque.

—¿En dónde nos hemos metido? —preguntó con zozobra doña Salomé.

—Eso digo yo. ¿En dónde nos hemos metido?

—¿Con que por quién preguntaban ustedes? —dijo el vejete portero, con una sonrisa truhanesca, que me heló la sangre en las venas—. ¿Por el oficialito, por el abate, por...?

—Por ninguno de esos, camarada —repuse—, porque ahora mismo nos volvemos a la calle.

—No hagamos caso de este buen hombre —dijo con afán la muchacha—. Subamos e iremos preguntando de puerta en puerta.

—¡Está usted loca! ¿Sabe usted qué clase de gente es la que vive en estas casas?

—Gente muy honrada y cabal —afirmó el portero—. Una señora que fue doncella de S. A. la infanta doña María Josefa... un autor de diccionarios, siete poetas, dos grabadores de retratos, un torero, uno que fue magistrado del Crimen...

Oíase un rumor de disputas en los pisos altos de aquella colmena, el cual convidaba a salir cuanto antes en busca del silencio de la calle. Cerrábanse y se abrían con estrépito las puertas, dando paso a la claridad de las luces y al rumor de las voces, y un enjambre de chicuelos corría por los pasillos jugando a la caballería ligera y pesada. Dos traperos amontonaban no sé qué inmundos despojos en medio del patio, y tres mujeres se ponían como ropa de pascuas por la precedencia en sacar agua del pozo.

—Ábranos usted la puerta —dije resueltamente al Cancerbero, sacando una moneda, con la cual pensaba ponerle de parte nuestra, si ocurría cualquier accidente desgraciado.

Diciendo y haciendo, di algunos pasos hacia la puerta, cuando en esta sonaron fuertes y repetidos golpes, acompañados de gran gritería y algazara de fuera, a la que respondió al punto otra no menos discorde en los corredores.

—¿Qué es esto, portero?

—Nada, señor —respondió con sandunga—, es la policía que viene en busca de un señoritico lameplatos, mamón y liberal, que se nos refugió aquí esta mañana... Yo di parte...

—¡Él! ¡Dios mío! ¿Dónde está? —gritó Presentación con angustia.

—Se descubrió que se había escapado de la cárcel, donde estaba por injurias a nuestro querido Rey —añadió el portero, corriendo a abrir.

—Escondámonos... Salgamos de aquí —exclamó doña Salomé, agarrándome el brazo y tirando de mí.

—¿Pero por dónde? Vamos a tropezar con la policía.

—Escondámonos.

—Adelante.

—Subamos.

—Bajemos.

—Busquemos otra salida. Si nos ven...

—Señoras, no somos criminales —dije procurando sosegarlas—. Si la policía nos ve, nos verá. ¿Qué importa?

Diciéndolo, vi que entraban hasta media docena de alguaciles, asistidos de otros tantos soldados, y tras ellos una multitud de personas del bajo pueblo, todos los que a la sazón bullían en la taberna, muchas mujeres de la vecindad y el contingente completo de la chiquillería de la calle. Vociferaban, gruñían, chillaban y reían en bestial coro.

Una aprehensión en aquellos tiempos no era gran novedad, pero por viejo y gastado que el asunto fuese, siempre tenía irresistibles encantos para el pueblo, que estaba muy soliviantado entonces y enfurecido contra todo lo que a liberal o afrancesado trascendiera.

—¡Le van a matar! —murmuró entre sollozos Presentación, llorando sin consuelo.

—Veamos si podemos escabullirnos —dije yo.

—No... No —gritó la afligida muchacha—. Veamos si le podemos salvar. Pipaón, diga usted que es un consejero de Castilla, un ministro; que es amigo de los señores obispos, del nuncio, del Rey.

—Chitón... No se gastan bromas con esta gente.

—Yo quiero subir, yo quiero hablar a la policía —exclamó, alzando la voz con desesperación—. Ustedes no tienen alma... yo estoy loca. ¡Socorro!

Maldita la gracia que me hacía aquella situación, que empezó a ser apuradísima desde que la dolorida muchacha puso el grito en el cielo, atenta solo a su amorosa aflicción, y sin hacer caso de lo demás. No sé en qué hubiera parado trance tan amargo, si el agudísimo y tunante portero, conociendo al vuelo el apuro en que yo estaba, no viniera en nuestro auxilio, cuando ya la gente de la vecindad nos rodeaba, nos observaba, señalándonos como a tres entes extrañísimos en aquel sitio.

—Vengan usías por aquí —dijo el vejete, llevándonos al fondo del patio—. Pues no se puede salir, entren en mi cuarto y aguarden a que pase esta batahola.

Mucho trabajo costó llevar a Presentacioncita al oscuro albergue del señor portero, mas a fuerza de ruegos y prometiéndole yo que al día siguiente haría poner al preso en libertad, se aplacó un tanto. El portero, luego que nos puso en seguridad dentro de su aposento, nos dijo:

—Aquí no les molestará nadie. Cerraré la puerta. Cuando la policía se lleve al barbilindo y se despeje el patio, y se tranquilice la vecindad, saldrán ustedes. Esto no es un palacio; pero aquí estarán las señoras como en su casa... Pueden sentarse... hay silla y media... Mi cama es blanda y sobre este trombón (porque yo soy músico)... Sobre este trombón, digo, puede sentarse una de las madamas.

—Gracias, gracias.

El miserable hablaba con diabólica truhanería. Después de ponderar las comodidades de su alojamiento, salió, y cerrando por fuera la puerta, nos dejó dentro de aquel sepulcro.

XV

Situación era aquella más crítica que la primera. Encerrados allí, estábamos a merced de un tunante, que a juzgar por su facha y lenguaje, no debía de ser modelo de virtudes porteriles. Los tres estábamos con mucha congoja, y ya nos creíamos cercados de ladrones y asesinos, aumentándose nuestro pavor con el cercano rugido del pueblo que llenaba el patio y corredores. Presentacioncita era la menos afectada de nuestra desdicha, porque tenía alma y corazón y sentidos fijos en los pasos de la policía y en el subir y bajar de la inquieta gente.

Transcurrió bastante tiempo sin que cesase nuestro apuro. Yo me desesperaba, y maldecía el instante en que neciamente consentí en la descabellada expedición; doña Salomé rezaba para que algún santo del cielo viniese en amparo nuestro, y Presentacioncita gemía sin hallar en nada consuelo. Lo peor de todo era que iba siendo ya muy tarde; había pasado la hora de la novena del Santo Ángel, habían dado las ocho, las nueve, iban a dar las diez... ¡horrible trance!, darían las también las once, las doce sin poder salir de allí.

Por fin, Dios quiso que los alguaciles encontraran al prófugo y lo sacasen fuera y se lo llevasen con dos mil demonios. Iba desocupándose el patio, se extinguían las voces poco a poco, y al fin, ¡San Antonio bendito!, el endiablado portero nos sacó de nuestro calabozo.

—¡Vámonos a la calle pronto! —exclamó doña Salomé, ardiendo en impaciencia.

—¡A la calle, a la calle! ¿Por dónde se sale, buen hombre? —dije, sosteniendo a Presentacioncita, que por su mucha aflicción apenas podía con su lindo cuerpo.

—Si no quieren ustedes salir por la calle del Bastero, donde hay muchos tunantes y borrachos —repuso el portero—, por este pasillo que hay a la derecha saldrán a la casa inmediata y a la calle de Mira el Río.

Yo temblaba de susto: por todas partes, en todos los rincones veía ladrones y asesinos, alzando horrorosos puñales sobre mi pecho. El viejecillo nos llevó del patio grande a otro más pequeño, y de este a un largo y húmedo zaguán, en cuyo extremo se veía la claridad de la calle. Cuando le di la propina, me pareció sentir ruido de pasos detrás de nosotros; pero aunque atentamente miré, nada vi.

—Por aquí derechos a la calle —dijo nuestro amparador, retirándose repentinamente.

Dejonos solos, y a la verdad fue como si nos dejara de su santa mano el ángel de nuestra guarda; porque no habíamos dado cuatro pasos hacia la claridad que al extremo del zaguán se veía, cuando una voz bronca y temerosa, que en su clueco graznido indicaba ser producto del hombre y del aguardiente, resonó como un trueno en aquellos ámbitos oscuros, diciendo:

—¡Alto allá... Alto! señoritos zampatortas, ¡alto, alto!...

El reventar de un cráter no me hubiera causado más espanto. Quedeme frío, y sobre frío absorto y petrificado, cual si en estatua de hielo me convirtiese. Y al mismo tiempo se sentían unos pasos, unos saltos como de gigante borracho que venía dando traspiés por la cercana escalera.

Lanzaron agudísimos gritos las damas, colgándose de mis brazos para que yo las amparase; pero más que nadie necesitaba yo amparo y protección, porque me quedé sin habla, sin fuerzas para correr, sin ojos para mirar, ni orejas más que para oír la voz, ¿qué digo?, las voces de los que se acercaban, pues, quitando lo que multiplicase mi espantada imaginación, bien podía asegurarse que eran media docena.

No se me oculta que mi deber en tan crítico momento era tirar de la espada o sacar las pistolas para esperar a pie firme a los ladrones y acabar con ellos o morir antes que mis dos compañeras fueran atropelladas; pero yo no tenía espada, y ni remotamente me acordé de que llevaba una pistola en el cinto. Temblando como alma que llevan los demonios, recordé aquello de que una retirada a tiempo es una gran victoria, y apreté a correr hacia la calle. Las dos damas eran dos alas que me impulsaban con rapidez suma. ¡Ah!, cómo corrimos, cómo corrimos gritando, «¡favor, socorro, ladrones!»

Tras nosotros corría alguien. No le mirábamos. Sentimos carcajadas, blasfemias, un juramento horrible, qué sé yo... Corríamos siempre; las dos damas se separaron de mí y se quedaron detrás. ¡Ay!, yo era el viento mismo.

Vi dos hombres que andaban en dirección contraria a la mía y su presencia me dio aliento... ¡dos hombres que no eran, o al menos no parecían ladrones ni asesinos! —¡Socorro, favor! —repetí con ahogado aliento.

Detuviéronse ellos. Me pareció ver una cara conocida; pero en mi azoramiento no llegué a formar juicio alguno... Detúveme yo también. En el mismo momento sentí un ¡ay! agudísimo. Era Presentacioncita que había caído al suelo. Doña Salomé se había parado en el mismo sitio. Retrocedí, porque la presencia de los dos desconocidos me infundió algún valor y porque mirando hacia atrás observé que nuestros perseguidores se habían quedado muy lejos.

Uno de los dos desconocidos se adelantó corriendo a levantar del suelo a Presentacioncita, mientras el otro soltó la risa diciendo:

—Si es Pipaón.

—¡Ah! ¿Es usted señor duque? Hemos sido atacados por unos tunantes... Vamos a ver si se ha hecho daño esa niña.

El hombre que estaba junto a mí era el duque de Alagón; el otro...

XVI

Detente pluma... El otro alzaba del suelo a la pobre Presentacioncita, que al perder el equilibrio, y dar con su cuerpo en tierra, perdió también el conocimiento. Nos acercamos y el duque me miró con fijeza y malicia poniendo sobre los labios su dedo índice.

—¡Jesús... Se ha desmayado! —balbució doña Salomé, examinando a su amiga que aún estaba en brazos del otro.

—Esto no será nada, señora... —exclamó el desconocido—. Señorita...

—El susto ha sido tan grande... —dije yo— y gracias a que no se atrevieron a seguirnos. ¡Pobres señoras, si hubieran venido solas!

—¿A dónde llevamos esto? —preguntó el compañero del duque, dando algunos pasos con la desmayada en brazos, tan sin trabajo cual si fuese una pluma.

Pareció perplejo el duque, y como no acertara a indicar una resolución conveniente, el compañero dijo:

—Vamos allá. Adelántate y llama.

Hízolo así Alagón, y no habíamos andado veinte pasos siguiendo todos al generoso caballero, cuando se abrió una puerta, y Alagón primero, después su compañero con la niña en brazos y detrás doña Salomé y yo, penetramos en una hermosa pieza iluminada por dos luces. Un hombre y una mujer encontrábanse allí, ambos en pie y tan respetuosos que por lo callados y circunspectos parecían estatuas. Veíase en el fondo una puerta entreabierta, por la cual apareció el rostro de una mujer de tan acabada hermosura que a pesar de lo apurado del lance, no pude menos de fijar en ella mis ojos. De la pared pendía una guitarra.

El compañero del duque depositó su preciosa carga en una silla. Callaban todos: el desconocido pidió un vaso de agua, mientras doña Salomé, observando que la muchacha empezaba a dar señales de vida, hacía esfuerzos por reanimarla, diciéndole:

—Presentación, vuelve en ti. Eso no es nada... ¿A ver? ¿Te has hecho daño?...

—Vamos, beba usted un poco de agua —dijo el desconocido, acercando el vaso a los labios de la joven, que recobraban poco a poco su vivo carmín, así como las descoloridas mejillas.

Cuando la muchacha bebía, observé al generoso galán, que solícitamente sostenía con su mano izquierda la cabeza de la joven, mientras le daba de beber con la otra. Era un hombre admirablemente formado, de cuerpo estatuario y arrogante. Su edad no pasaría de los treinta y dos años, hallándose, según la apariencia, en aquella plenitud de la fuerza, del vigor y del desarrollo físico que marcan el apogeo de la vida. Vestía sencillo y elegante traje negro por entero y ancha capa, que habiéndosele caído en los primeros momentos del lance, fue recogida por el duque. Sus ojos eran negros, grandes y hermosos, llenos de fuego, de no sé qué intención terrible, flechadores y relampagueantes. Bajo sus cejas, semejantes a pequeñas alas de cuervo, centelleaba deshecho en ascuas mil por las movibles pupilas, el fuego de todas las pasiones violentas. Su nariz era desenfrenadamente grande, corva y caída; una especie de voluptuosidad, una crápula de nariz.

La carne, superabundante había crecido, representando con fértil desarrollo su preponderancia en aquella naturaleza. El labio inferior que avanzaba hacia fuera, parecía indicar no sé qué insaciabilidad mortificante. La personificación de la sed habría tenido una boca así. Una línea más de desarrollo, y aquel belfo hubiera tocado en la caricatura. Observándole bien, se veía en la tal fisonomía, peregrina mezcla de majestad y de innobleza, de hermosura y de ridiculez. Tenía de todo, y era difícil deslindar en aquel rostro híbrido las líneas pertenecientes a las grandes razas de las que pertenecían a la degeneración propia de todo lo humano. Por su mandíbula inferior se filiaba remotamente con Carlos V, mas por sus ojos truhanescos y las patillas cortas, se iba derecho a la majería. El cráneo era bien conformado, el pelo negro y corto, con mechoncillos vagabundos sobre la frente y sienes. En suma, el perfil de aquel hombre solía verse en las onzas de oro.

Presentacioncita, abriendo los ojos, demostró tal asombro al verse en aquel desconocido sitio y ante personas extrañas, que creímos se iba a desmayar de nuevo.

—Ánimo —le dijo el belfo—, ánimo, señora mía, eso no es nada.

—¡Ah!... ¿quién es usted? Gracias, caballero... ¿En dónde estoy? —balbució la muchacha—. ¡Ah!, doña Salomé... Señor de Pipaón... Están aquí... Creí que me habían abandonado.

—Aquí estamos, sí, niña querida...

—Pero al instante nos vamos a marchar —afirmó con febril impaciencia la de Porreño—. Presentación, prueba a levantarte.

—Señora doña Presentacioncita —dijo el belfo sonriendo—, no hay prisa. Descanse usted un poco.

—Vámonos, vámonos —añadió doña Salomé—. Hija, haz un esfuerzo y levántate. ¿Puedes andar?

Presentación dio algunos pasos: cojeaba un poco, a causa de una leve torcedura en el pie derecho al caer; pero andaba. Volviose para dar las gracias al incógnito caballero; yo también quise decirle algo por pura fórmula, pero nos miramos unos a otros con sorpresa. El caballero, volviéndonos la espalda, desapareció por la puerta que había en el fondo.

—Gracias, muchas gracias, señores —dijo Presentación, dirigiéndose al duque.

—Por aquí —indicó este, que sin duda deseaba que nos marcháramos—. Yo acompañaré a ustedes hasta la calle de Toledo.

—Por aquí... A la calle... gracias, mil gracias señor duque.

El duque, mientras las dos mujeres salían, se me puso delante y abriendo mucho los ojos, aplicó de nuevo el índice a los labios.

Salimos y los minutos nos parecían siglos, porque Presentacioncita andaba muy despacio. Era ya tarde, por cuya razón a las contrariedades expuestas se unía la pavorosa contrariedad del sermón que nos esperaba cuando nuestras pecadoras frentes se pusieran al alcance de los ojos de la señora condesa y nuestros oídos al blanco de la grave voz de doña María de la Paz. Al pensar en esto, los tres no teníamos más que un deseo: que la tierra se abriese haciéndonos el favor de tragarnos.

Pero la Providencia que nunca abandona a los débiles, nos sugirió ingeniosísimas trazas para salir del paso, y fue que discurrimos sacar del propio mal el remedio, achacando la tardanza a la misma torcedura del pie de Presentacioncita, cuya invención, llevada a feliz término por mi elocuencia ante las dos irritadas matronas, tuvo el éxito más completo que pueda imaginarse.

—Es claro... ¡cómo habíamos de venir a tiempo!... Bajamos la escalera... Presentacioncita dio un paso en falso. Subimos otra vez... La marquesa no quería dejarla salir... Se buscó un simón; el simón no parecía... Se sacó la litera de mano; estaba rota... Discurre por aquí, discurre por allá... Yo estaba en ascuas y quise venir a avisar para que no se asustaran ustedes... En fin, demos gracias a Dios de que no se rompiera un pie.

—¿No puedes andar? —preguntó la condesa a su hija con desabrimiento—. Esta sí que es fiesta. Estamos convidadas para la función de mañana en la Trinidad.

—Con manifiesto y asistencia de Su Majestad —repitió doña María de la Paz—. Y es preciso ir sin remedio. Yo al menos no puedo faltar, porque el prior nos ha prometido que podremos hablar a Su Majestad y entregarle nuestros memoriales.

—Mañana —repetí—. También yo he recibido invitación de los padres. ¿Con que van ustedes a la Trinidad?

—¿Puedes andar, Presentación? ¿Puedes andar, sí o no? —preguntó con afán indescriptible doña Paulita.

La niña se levantó resueltamente y dio algunos pasos por la habitación con pie seguro.

XVII

¿Cómo había yo de faltar a la función de los Trinitarios, si era hombre que a ninguno cedía en religiosidad ni perdonaba medio de que se me tuviese por escrupuloso guardador de los preceptos y prácticas de la Iglesia? Además, poco antes había sido nombrado prioste de la archicofradía de *Luz y Vela*, y como tal me correspondía asistir a la función y acudir al pórtico de la iglesia, donde habíamos puesto el mostradorcito con varios objetos devotos y otros profanos, que al son de trompeta y tamboril se vendían o rifaban para atender a los gastos de la corporación.

Desde muy temprano estaba yo con mi cinta al cuello, espetado en el pórtico, en compaña de mis colegas el señor licenciado Moñino, de la suprema Inquisición, don Felipe Rojo, racionero medio de Toledo y el sub-colector de espolios, don Vicente Barbajosa. El gentío era inmenso, y se agolpaba en las distintas puertas del edificio, estorbando el paso de los fieles, lo que perjudicaba mucho la venta.

En el atrio del convento estaba el zaguanete de la Guardia de la Real persona. No tardó en aparecer Su Majestad, desplegando en su persona y comitiva tanta pompa y aparato, que se sentía uno orgulloso de ser español y llamarse vasallo de quien por tal modo y con tal grandeza representaba en la tierra la autoridad emanada de Dios. Daba gusto ver aquella fila de coches, tirados por sendos pares de caballos a tres pares cada uno. Cada individuo de la Familia Real iba en el suyo, resultando una procesión que cogía medio Madrid, con la multitud de batidores, correos, lacayos, escoltas, carruajes de respeto, palafreneros, caballerizos y demás figuras admirables que recreaban la vista y el alma. ¡Qué profusión de uniformes, cuánto plumacho y galón, qué diferentes clases de sombreros, de uniformes, de caras, de arreos! Parecía que le trasportaban a uno al Oriente, o a las pomposas fiestas de la India. ¡Feliz nación la nuestra, que tal magnificencia podía ofrecer a los aburridos ojos de los súbditos, para que se alegraran y diesen gracias a la Divina Providencia por haber hecho de nuestros reyes los más rumbosos y magníficos de la tierra! Allí se veía la grandeza de nuestra nación, allí sus inmensos tesoros, allí su dignidad excelsa, allí la representación más admirable de su gran poderío. ¡Viva España!

Formaron los guardias (a quien entonces llamaba el vulgo los *chocolateros*, no sé por qué), y el estrépito de tambores y clarines llenaba los aires. Tales sones y el limpio Sol que inundara aquel día las calles, daban a la regia comitiva esplendor y armonía celestes. Los gritos de ¡viva el Rey absoluto! resonaban por doquiera. ¡Oh, feliz consorcio de la monarquía absoluta y la religión santísima! ¡Quiera el Cielo que existan luengos siglos y que estas dos instituciones, hijas de Dios, vayan siempre de la mano y partiendo un piñón, para que los fieles cristianos y súbditos del encantador Fernando vivamos pacíficamente en la tierra, libres de revoluciones impías y de locas mudanzas!

Salió la comunidad con palio a recibir al monarca, y llevándole en procesión a un camarín riquísimo que le habían preparado en el Claustro, rogáronle que se adornase el pecho con media docena de escapularios y alguna reliquia milagrosa de huesecillos o retazo de santo, lo cual como hombre piadosísimo, hizo de buena gana. El infante don Carlos y don Antonio Pascual imitáronle, dirigiéndose después todos, cirio en mano, a la vecina iglesia, donde ocuparon sus asientos en medio del respeto y la admiración de los fieles.

Todavía me parece que le estoy mirando. No puedo olvidar aquella majestuosa figura arrodillada, con los ojos fijos en el Santísimo Sacramento en actitud tan edificante, que la misma impiedad se habría ablandado y convertido contemplándole. ¡Con cuánta devoción atendía a las sonoras preces, y con cuánta fe al sermón que predicó el padre Vargas, y en el cual no faltó aquello de llamarle Trajano y Constantino, y de elogiar *sus sabios dictamentos para dirigir sabiamente la nave del Estado*! ¡Con cuánta unción y evangélica mansedumbre besó las reliquias que el padre Ximénez de Azofra le presentara, y dijo después las oraciones finales para implorar de Su Divina Majestad la gracia y el buen consejo! Todos los presentes estábamos conmovidos, y parecía que se nos comunicaba algo de la celestial pureza de aquel varón insigne, ante cuya preciosa cabeza se postraba mudo y sumiso el pueblo escogido de Dios. ¡Oh qué gusto ser español!

Concluida la ceremonia, pasó Su Majestad al camarín, donde ya se había dispuesto una lujosísima mesa, como destinada a boca y paladar de tal príncipe, y en la cual las viandas más apetitosas reclamaban la vista y olfato, recreando y extasiando el alma. No sé qué angelicales reposteros pusieron sus manos en aquello; pero lo cierto es que la tal mesa parecía destinada a servirse en los altos comedores del Paraíso, para regalo de las más excelsas potestades. Aunque allí como en los claustros no tenían entrada sino las personas convidadas, muchas damas de lo más granado de Madrid, consejeros, generales, oficiales, marinos, presidentes y priostes de las cofradías, capellanes de palacio, alguaciles y familiares de la Inquisición, canónigos de San Isidro y demás sujetos de viso, el gentío era grande, porque los trinitarios, deseosos de dar lucimiento a la fiesta, habían abierto mucho la mano en las invitaciones. No nos podíamos rebullir; todos querían ver los augustos semblantes de Su Majestad y Altezas. Los frailes no cabían en su pellejo de puro satisfechos, y trataban de atender a todo.

Su Majestad no hizo más que probar algunos platos; obsequió con dulces a las damas, dando muestras, allí como en todas partes, de su exquisita galantería, y se retiró a la sala capitular para despedirse de los bondadosos y humildes padres. Pugnaban los convidados por penetrar en la sala, llevados unos del deseo de saciar sus ojos en la contemplación del rostro de nuestro soberano, otros aguijoneados por el afán de presentarle memoriales. Gracias al padre Salmón, que se me apareció como emisario del cielo, pude penetrar en la sala, llevando conmigo a la señora condesa de Rumblar con su hija y a las señoras de Porreño. Las cinco damas estuvieron a punto de quedarse fuera. Sensible sobre toda ponderación hubiera sido este accidente, porque la condesa iba a presentar al Rey un memorial pidiendo una bandolera para su hijo, y doña María otro en pro de la tan deseada moratoria.

¡Oh!, espectáculo sublime, y qué hermoso es ver a un Rey, atendiendo con paternal solicitud al socorro de sus hijos, recibiendo las peticiones de estos y prometiendo satisfacerlas con generosidad, con esa generosidad regia, que es un reflejo de la misericordia divina. Puesto Su Majestad en un estrado que a propósito se había construido, el prior Ximénez de Azofra le presentó un memorial, solicitando no sé qué mercedes para dos sobrinos suyos y dos cuñaditos de su hermana; y después que el bendito trinitario cumplió los deberes domésticos, mirando por el bien de su venerable parentela, fue presentando al Rey uno por uno a todos los demás postulantes, que ya habían convenido con él en los pormenores de esta ceremonia. Recogió Fernando las peticiones con tanta bondad, que era imposible contener las lágrimas viéndole. A todos prometía villas y castillos, dirigía algunas preguntitas, hacía el obsequio de una sonrisa, cuando no de palabras, y daba a besar su real mano con una llaneza que no desmentía la dignidad. ¡Oh qué inefable delicia ser español y súbdito de tal monarca!

Cuando Ximénez de Azofra indicó a la señora de Rumblar que se acercase, y vio Su Majestad a la grave madre y al lindo retoño, se rió de una manera tan franca que todos nos quedamos pasmados; y al recibir el memorial fijó los negros ojos de fuego en Presentacioncita, la cual, turbada, azorada, trémula, vaciló y hubiera caído en tierra si no la sostuviéramos. Estaba la muchacha más roja que una cereza. Dirigiole el paternal y bondadoso monarca la palabra, preguntándole si tenía padre, a lo cual doña María, hecha un mar de lágrimas, contestó que no.

Todos nos asombramos de la inmensa bondad del Rey, que en aquella pregunta como que quería constituirse en padre de todos los huérfanos del reino.

Cuando nos retirábamos, Presentacioncita estaba pálida como el mármol.

—¿Le vio usted bien? —me dijo en voz baja—. ¡Ay! señor de Pipaón, estoy asombrada, aterrada.

No pude oírla más, porque sentí que entre el gentío me ponían una mano en la espalda.

Era el duque de Alagón, que quería hablarme a solas... pues no podía pasar mucho tiempo sin que él y yo tratásemos algo importante para el bien del estado.

XVIII

A las dos del siguiente día estaba yo en Palacio. Enviome don Antonio Ugarte, recién llegado a Madrid, para que diestramente y con amañados pretextos observase lo que allí pasaba. Después de hablar con varios gentiles hombres y mayordomos, llevome uno de estos al salón que precede a las regias estancias, y en el cual suele verse en días de audiencia gran marejada de pretendientes que entran o salen. Presentóseme allí el duque de Alagón, que llevándome a parte, me señaló un anciano que en el mismo instante salía de la Cámara Real.

—¿Conoce usted A ese? —me dijo.

—Es don Alonso de Grijalva —contesté sin disimular mi disgusto—. ¡Maldito vejete! No puede dudarse que ha venido a implorar el perdón de su hijo.

—Y lo ha conseguido; yo puedo asegurarlo, porque estaba presente durante la audiencia. ¿Creerá usted que el buen señor se ha echado a llorar delante del Rey?

—¡Qué falta de cortesía!

—Su Majestad le ha recibido bien. Grijalva goza de muy buena opinión: es realista vehemente.

—Vamos, que se ha salido con la suya.

—De una manera absoluta. Por esta vez, amigo Pipaón... Además vino presentado por dos personas de la primera nobleza y por el Patriarca, y precedido por una carta del nuncio.

—¿De modo que se nos escapó Gasparito? —dije yo, tomándolo a broma.

—Sin remedio ninguno. Su Majestad se ha mostrado tan decidido, tan categórico... Al despedirse, le dijo: «Puedes marcharte tranquilo a tu casa, que mañana sin falta estará tu hijo en libertad y se sobreseerá esa causa. Te lo prometo, te lo prometo, te lo prometo.» Lo repitió tres veces.

—¡Cómo ha de ser!... A lo hecho pecho... —dije, discurriendo en aquel mismo instante qué nuevos medios emplearía para llevar adelante mi plan.

Pero sacome de mis meditaciones el duque mismo llevándome de sala en sala, hasta una en que acostumbraban a reunirse los cortesanos para arreglar sus cuentas de favoritismo unos con otros, sopesar su respectiva influencia y regodearse en común de ver la buena marcha de los asuntos del gobierno.

Cuando entramos el duque y yo, había en el salón cuatro personas; paseábanse juntos de un ángulo a otro en la diagonal de la estancia, Pedro Collado y don Francisco Eguía, teniente general, ministro de la Guerra, anciano casi decrépito, aunque no privado aún de cierta agilidad, y con una singular comezón de hablar y moverse, que era el rasgo distintivo de su espíritu, así como la coleta y corcovilla lo eran de su cuerpo. Formando grupo aparte, hablaban por lo bajo sentados en un diván, don Pedro Ceballos, ministro de Estado, y don Baltasar Hidalgo de Cisneros, ministro de Marina.

Detuviéronse Eguía y Collado al vernos, y el primero, que no por ser de carácter inflexible y duro en los negocios públicos dejaba de mostrar mucha llaneza en la conversación familiar, me dijo:

—¡Cuánto bueno por aquí! Me han dicho que va usted a la Caja de Amortización... Sea enhorabuena.

—Gracias, muchas gracias —repuse con modestia— Bien saben todos que no lo he solicitado.

—Bien hayan los hombres de mérito —dijo Collado—. Ellos no necesitan de recomendaciones para subir como la espuma.

—Nos hemos propuesto darle su merecido a este tunante de Pipaón —declaró el duque con cortesanía—, y poco a poco lo vamos consiguiendo. Este va para ministro, señor don Francisco.

—Lo creo, lo creo —repuso el anciano alzando la abatida cabeza y guiñando el ojo para mirarme—. Pero no le arriendo la ganancia... ¡Santo Dios, qué laberinto, qué torre de Babel es un ministerio!

—Lo creo, señor don Francisco —dije con oficiosidad—. Pero sin su poquito de abnegación, no se concibe al buen súbdito de Su Majestad.

—¡Oh!, es claro; nos debemos a Su Majestad... Pero a mis años, la enorme carga de un ministerio es insoportable... Precisamente en estos días la balumba de asuntos puestos al despacho me ha rendido más que una batalla.

—Pues es preciso cuidarse, señor don Francisco.

—¿Querrá usted creer, señor Collado —dijo el guerrero gesticulando con desenvoltura—, que ya están despachados todos los nombramientos que usted me recomendó en aquella minuta?...

—¿Las doce comandancias de provincias, seis plazas fuertes y no sé cuántas tenencias de resguardos?... Pues la mitad de esas limosnas son para el señor duque que nos está oyendo.

—Vamos —continuó don Francisco con socarronería— que por falta de pedir no se les pondrá mohosa la lengua. Yo, que soy ministro, no he podido satisfacer el deseo que ha tiempo tengo de regalar un arciprestazgo al sobrino de mi cuñada. ¿Y por qué? Porque no me ocupo de pedir, ni gusto de importunar por un miserable destino.

—Se tendrá en cuenta —afirmó gravemente Collado.

—Hace pocos días —continuó el general— hablé de esto a Moyano, y me dijo que Su Majestad se había reservado la provisión de todas las plazas.

—No es cierto, ¡qué enredo! —expresó el ayuda de Cámara—. ¡Reservarse Su Majestad todas las plazas!

—Quien se las ha reservado —afirmó el duque, con enojo— es el mismo ministro, el insaciable don Tomás Moyano, que tiene media nación por parentela.

—¡Es gracioso! —dijo Eguía riendo—. Cuentan que ha despoblado a Castilla; que ya no hay en Valladolid quien tome el arado, porque los labradores todos han pasado a la secretaría de Gracia y Justicia.

¡Cuánto nos reímos a costa del ministro ausente! Yo, que no quería perder la coyuntura de demostrar a don Francisco Eguía la admiración que me causaba su desmedida aptitud para los asuntos militares, dije con gravedad:

—No me nombren a mí esos ministros que no se ocupan más que de la provisión de destinos, de colocar parientes y despoblar aldeas para rellenar secretarías. Tales hombres no hacen la felicidad del reino... Señores, no todos los ministros cumplen con su deber. Casi puede decirse que la mayor parte van por mal camino; casi, casi, se puede afirmar que uno solo... y no lo digo porque esté delante don Francisco Eguía... Cuantos me conocen estarán hartos de oírme asegurar que de todos los secretarios del despacho, el que con más celo se consagra a asuntos beneficiosos y de interés general, es el que nos está oyendo.

—Gracias, gracias —exclamó el guerrero, poniendo su guerrera mano en mi hombro—. He hecho lo que me ordenaban mis antecedentes militares.

—La verdad es que solo el trabajo de las nuevas ordenanzas basta a asegurar la reputación de un ministro.

—¡Y cuánto me han dado que hacer las tales ordenanzas! —dijo don Francisco, con voz hueca y ponderativos ademanes—. Como que abrazaban multitud de puntos delicados y que no era posible resolver a dos tirones. Ha sido preciso dictar disposiciones nuevas, que no figuraban en nuestros antiguos códigos militares. ¿Creen ustedes que es un grano de anís? Fácil era prohibir a los soldados que cantasen las estrofas que les guiaron al combate durante la guerra; pero ¿y la orden de rezar el rosario en cuerpo todos los días?... ¿y la serie de minuciosas instrucciones sobre el modo de tomar agua bendita al entrar formados en la iglesia? Luchábamos con el vacío que la legislación militar ofrece hasta hoy en este punto, y hemos tenido que hacerlo todo nuevo.

—¡Es admirable! —exclamé—. Pero sírvale a usted de consuelo por su trabajo, la gratitud del ejército.

—¿Qué deseo yo sino su bien? —prosiguió el venerable militar—. Sabe Dios que me contrista en extremo el que se deban tantas pagas; pero eso no está en mi mano remediarlo.

—Ni en la de nadie —afirmó el duque.

—Pero váyase lo uno por lo otro —dije yo—. Si no cobran, en cambio el señor don Francisco ha decretado la construcción de un hospital de inválidos.

—Es verdad, también tengo esa gloria. Yo he dado ese decreto, y si el hospital no se construye, no es culpa mía.

—Ni mía —repitió maquinalmente Collado.

—A falta de pagas —añadió Eguía con juvenil complacencia—, preparo una disposición, en virtud de la cual, cada año de campaña se cuenta como dos de servicio, lo cual tiene la ventaja de que muchos militares noveles y que ahora empiezan su carrera, pueden retirarse a sus casas con una pingüe cesantía... Vamos, no se quejarán.

—Sobre eso écheles usted las cruces recientemente creadas.

—Justamente —dijo don Francisco—. Miren ustedes: no paré hasta no conseguir el establecimiento de la *Cruz de Lealtad de Valencey*, con la cual se ha premiado a los que acompañaron a Su Majestad, mientras aquí ardía la más feroz de las guerras... En fin, en mi ministerio se ha trabajado. Solo siento que mis años y achaques no me permitan desplegar mayor actividad, y me alegraré de tener un sucesor que no levante mano hasta poner a nuestro ejército en el pie de magnificencia que le corresponde.

A este punto llegaba, cuando se acercaron a nosotros el ministro de Marina y don Pedro Ceballos.

—¿Quién va al cuarto del infante don Antonio? —preguntó don Baltasar Hidalgo de Cisneros, disponiéndose a salir.

—Corra usted, corra usted... —repuso el duque con sandunga—. Su Alteza está muy impaciente por saber el estado de la mar.

—Barcos no tenemos —indicó maliciosamente Ceballos— pero almirante...

—El Almirantazgo ha quedado constituido al fin —dijo Cisneros—, gracias a mis esfuerzos. Por algo se empieza. Hay que tener paciencia.

—Es claro; los barcos se harán después —apunté yo.

—Gracias a Dios —indicó Cisneros—, ya tenemos Almirantazgo. Precisamente acaba este de tomar una determinación importante.

—¿Cuál?

—Ceder al infante los derechos que la corporación percibe. Es una bonita renta.

—Lo que dice Pipaón —manifestó Ceballos—. Tiempo hay de hacer los barcos. La cosa no urge.

Cisneros no habló más y se retiró. Era un viejo caduco y tristón que no infundía ya sentimientos de afecto ni de antipatía. Había estado en el combate de Trafalgar, mandando en la *Trinidad*, como mayor general de Uriarte. En 1810, hallándose de virrey en Buenos Aires fue débil, tan débil que permitió a los rebeldes formar una junta de gobierno, con tal que le diesen un puesto en ella. Pero los insurgentes americanos, después que se apoderaron del gobierno y de las fuerzas navales, despidieron ignominiosamente a Cisneros. Vuelto a España, no encontró un patíbulo, sino la capitanía general del departamento de Cádiz, que era un buen momio, y después el ministerio de Marina. Cisneros tenía pocos amigos. Apenas le traté, porque su lúgubre tristeza me aburría en extremo.

—Si Cisneros y yo seguimos en Marina y Guerra —afirmó Eguía con petulancia—, hemos de poner a marineros y soldados, como antes dije, en el pie de magnificencia que les corresponde.

—Mientras no se encargue de calzar ese pie de magnificencia el señor duque que está presente... —dijo Ceballos mirando con maliciosa intención a Paquito Córdoba—. Mientras todo el ejército de mar y tierra no vista y coma al compás de los rollizos galanes de la guardia... El señor duque puede comunicar al señor ministro de la Guerra su receta para engordar soldados.

Con estas frases malignas, zahería el astuto ministro de Estado al señor duque de Alagón. Hacía tiempo que no se miraban con buenos ojos.

—La guardia de la Real persona —dijo Paquito Córdoba— come lo que Su Majestad se digna darle. En ella no hay un solo individuo que haya metido su mano en la olla del Rey José, ni en el puchero de las Cortes de Cádiz.

Esta saeta era muy punzante para Ceballos, que desde 1808 se había sentado a todas las mesas. No contestó el ladino cortesano a la insinuación del duque y varió de conversación. Era Ceballos hombre instruidísimo en diplomacia máxima y mínima; muy conocedor de las grandes vías, así como de los callejones de la política. Reservándome para más adelante el trazar su historia, diré aquí tan solo, que era el más instruido de los que allí estábamos presentes, sumamente listo, de semblante simpático y modales muy finos, como de quien había cursado en diferentes cortes europeas, distinguiéndose además por su aparente dignidad y cordura al tratar las cuestiones de Estado. Detestaba cordialmente la camarilla, a la cual llamaba *vil chusma*, aunque nunca se atrevió a combatirla abiertamente, ni tampoco renunció a su apoyo cuando lo necesitaba. Más que odio inspirábale envidia la camarilla, porque podía más que él. En cuanto a mi persona, en aquella sazón Ceballos me consideraba mucho, por el afán de congraciarse con Ugarte, a quien envidiaba y temía. Así es que no bien disparole el duque la alusioncilla picante de su afrancesamiento, entabló coloquio conmigo, mientras los demás, se ocupaban de otro negocio.

—¿Con que va usted a la Caja de Amortización? —me dijo.

—Por mi parte nada sé —repuse con modestia—. Algunos me lo han dicho; pero puedo asegurar que no lo solicité, ni hasta ahora me lo han propuesto.

—Dígolo, señor Pipaón —añadió disimulando con una sonrisita forzada y modales respetuosos el desprecio que aquel fatuo sentía hacia mí—, dígolo, porque me parece una de las mercedes más justas que se han dado en estos tiempos... Vamos a ver, ¿por qué no se viene usted con nosotros?

—¿Al ministerio de Estado?

—Justo. Hombre, se lo he de decir a Ugarte, a mi querido amigo el señor don Antonio... Allí necesitamos hombres de actividad, hombres de ingenio despierto...

—Gracias, señor don Pedro. Yo no sirvo para la diplomacia.

Firme en mi propósito de no desperdiciar ripio para ganar la estimación de cuantos hombres figuraban, hubiesen figurado o estuviesen en vías de figurar por aquellos días, dije al don Pedro:

—En el ministerio de Estado no pueden servir hombres legos y sin ninguna ciencia diplomática. Desgraciadamente en España tenemos tan pocas personas idóneas para este ramo...

—Es verdad.

—Tan pocas, que se pueden contar —repetí—, y si nos concretamos al desempeño de la primera Secretaría, no sé, no sé que haya más de uno... No lo digo porque me esté usted oyendo. Cuantas veces he hablado de esto con mis amigos les he dicho: «Cítenme ustedes un hombre, uno solo que pueda reemplazar a don Pedro Ceballos, si por desgracia dejara la cartera de Estado.»

—¡Oh!, es usted muy benévolo, Pipaón —dijo, no muy sensible a mis lisonjas.

—Es la verdad —proseguí con calor—. Yo me asombro de la delicadeza y dificultad de los negocios diplomáticos en que hay que tratar con naciones extrañas, y procurar engañarlas a todas si es posible... Cualquier ministerio puede desempeñarse fácilmente; pero el de usted... Bien lo conoce Su Majestad, que al tolerar en las demás secretarías a personajes tan nulos como don Francisco Eguía —bajé la voz, aunque estaba lejos—, pone en las de Estado, al único hombre de talento y saber que frecuenta estas salas...

—¡Qué lisonjero!

—¡La verdad! Vamos a ver. ¿No da risa ver al frente del ramo de Guerra a ese grotesco señor de la coleta, que poco ha ponderaba las ridículas ordenanzas que ha dado al ejército?

Don Pedro Ceballos no pudo contener la risa.

—Calle usted, calle usted —me dijo, haciendo alarde de prudencia y compañerismo.

Luego bajando la voz, y tomándome el brazo para alejarnos más de los demás palaciegos, me dijo:

—Sea usted franco. Esa *vil chusma*, con la cual usted anda a brazo partido, ¿ha dicho hoy algo de la caída de Villamil?

—No ha dicho una sola palabra, señor don Pedro: ellos no se franquean conmigo —respondí—. Saben que les desprecio altamente...

—Se murmura que Villamil no durará dos días. ¡Qué desventurado reino! Aquí no hay nada seguro; vivimos a merced de esa gentuza...

—Si yo no sé cómo Su Majestad tolera que ese vil criado, ese libertino duque...

—Más bajo...

—Y no dudo que lo consigan —añadí con magistral oficiosidad—. Será lástima que un ministro tan probo, tan entendido, tan decente como el señor don Juan Pérez...

—¡Oh! Yo pienso hablar al Rey hoy mismo con energía —dijo aquel hombre que no había sido nunca enérgico más que para pasarse de un partido a otro—. Esta detestable servidumbre, que es autora de la bárbara política que se hace hoy, así como de las crueldades de los comisarios enviados a provincias por privada disposición del Rey sin contar con nosotros; esa vil servidumbre, esa desastrosa política, repito...

No dijo más, porque se acercó a nosotros un nuevo personaje. Era el obispo de Almería, Inquisidor general.

—Bien venido sea el señor obispo —dijo don Pedro ceremoniosamente.

—Felices, hijo mío —repuso el prelado sonriendo—; ¿esa salud cómo va? ¿Pero no anda por aquí el señor Collado?... ¡señor Collado!

Y dirigió sus miradas a un lado y otro sin dejar la sonrisita.

El lacayo acudió presuroso mientras los presentes besábamos el anillo a Su Ilustrísima. Tenía el de Almería un semblante de angelical bondad, que al punto le ganaba las simpatías de cuantos tenían la inefable dicha de tratarle. Hombre menudillo y achacoso, no dejaba por eso de ofrecer un aspecto verdaderamente patriarcal. ¡Bondadísimo varón! Viéndole, se sentía uno inclinado a las buenas acciones, a la mansedumbre evangélica, a la exaltación mística y a la piedad. No salía de su boca palabra alguna que no fuese la misma devoción y un compendio del Evangelio.

—No he querido retirarme sin hablar con usted —dijo a Chamorro—. Vengo de ver a Su Majestad, y le he recomendado el asunto de las señoras de Porreño. Se presenta muy favorable; pero es preciso que me lo apoye usted, pero que me lo apoye en forma, ¿estamos?

—Descuide Su Ilustrísima —repuso el ex-aguador—. Se atenderá con mucho gusto.

—También el señor Artieda lo toma con gran calor —prosiguió el príncipe de la Iglesia, con benévola sonrisa—; pero no me fío de Artieda, que es un poco falso. Usted es más formal, señor Collado... ¡Ay!, como usted me descuide este asunto... Son infinitas las personas de viso que se interesan por esas pobres señoras. Aquí precisamente tenemos una.

El obispo me señaló. Inclíneme respetuosamente.

—En efecto —dije—. Conozco mucho a esas señoras y ya he dado algunos pasos... Es indudable que alcanzarán lo que solicitan... O hemos de poder poco, Ilustrísimo Señor, o lo hemos de conseguir.

—Es preciso hacer algo por los desgraciados —afirmó el Inquisidor, dando un suspiro, y poniendo los ojos en blanco—. Esto es más que un favor, señor Collado; es una obra de caridad... No me descuide usted tampoco aquel asuntillo de mis primas, ¿eh?

—Puede Su Ilustrísima ir sin cuidado —replicó el ex-aguador—. Todo se hará.

—Si no se tratara de obras de caridad, no molestaría... —dijo el prelado en tono de protesta—. Pero, amados hijos míos, no se ven más que lástimas por todos lados... Yo quisiera atender a todo; pero soy un pobre pastor viejo que apenas puede ya con el cayado... Con que ¿quedamos en ello? —añadió con apresuramiento y afán de marcharse, porque había llegado la hora de la comida—. No necesitaré dar a usted nota escrita, ¿verdad?

—Tengo buena memoria —repuso el criado, besando de nuevo el anillo al noble prelado—. Téngala Usía Ilustrísima también para mí en sus oraciones.

Nos disponíamos a acompañarle hasta la sala inmediata, donde le aguardaban sus familiares, cuando a él y a nosotros nos detuvo otro sujeto, también anciano simpático y venerable, que de improviso entró. Era don Tomás Moyano, ministro de Gracia y Justicia, célebre por sus muchos parientes, que iban viniendo en tribus invasoras de los pueblos de Rueda, Medina y La

Seca, para acomodarse en la Administración. Había sustituido a Macanaz. Si he de decir verdad, era hombre altamente insignificante, que por nada se distinguía, como no fuera por su obesidad. Al entrar hizo algunos gestos, como mandando a todos que nos detuviéramos para comunicarnos algo de mucha importancia, y antes que le preguntáramos, dijo a voces:

—Aquí llevo el decreto para que lo firme Su Majestad.

—¿Qué decreto? —preguntaron varios con curiosidad suma.

—Señores —exclamó declamatoriamente—, felicitemos todos al señor Inquisidor general por la merecida distinción con que acaba de agraciarle Su Majestad.

—Nada más justo —dijo Ceballos, descifrando el enigma y haciendo una cortesía al digno prelado—. Su Majestad ha concedido a Su Ilustrísima la Gran Cruz de Carlos III.

—¿Y eso era?... —balbució el pastor—. Pero ¿en qué están ustedes pensando?... ¡Darme a mí la gran cruz, a mí, que estoy muy lejos de merecerla, cuando hay tantos otros!...

—Fue idea mía, señores —dijo Moyano con vanidad indescriptible—. Anoche lo propuse a Su Majestad, y al punto... Hoy he extendido el decreto —añadió pasando la vista por un papel escrito—, y no falta más que la firma... «En atención a los méritos del muy reverendo, etc... y en *premio de su humildad apostólica*...»

—*En premio de su humildad apostólica* —repitió Ceballos—. Me parece admirable. Señor obispo, felicito a Usía Ilustrísima.

—¡Todo sea por amor de Dios! —exclamó el obispo juntando las manos.

Todos nos inclinamos, y aquello fue un coro de felicitaciones y plácemes. Al santo y humilde pastor casi se le saltaban las lágrimas de puro enternecimiento. Yo estaba también muy conmovido.

—En vez de ocuparse de dar cruces a los pobres viejos achacosos —dijo el Inquisidor, con ese tono de represión benévola y delicada que se emplea para condenar aparentemente las cosas que más nos agradan—, debiera usted ocuparse, señor Moyano, de expedir de una vez ese decreto en que Su Majestad nos concede el uso diario y constante de nuestra venera.

—Es verdad —repuso Ceballos—, pero ya hemos tratado en Consejo este asunto. No se puede hacer todo de una vez.

—Se ha despachado primero la creación de la *Cruz de Valencey* —dijo Eguía.

—La *Cruz de los Persas* nos ha dado también mucho que hacer —añadió Moyano.

—Y la *Cruz del Escorial.*

—Pero la de los señores inquisidores quedará despachada bien pronto, y podrán usar su distintivo diariamente, como los caballeros de Calatrava y Santiago, a fin de que sean conocidos del pueblo y respetados y considerados como merece ese alto instituto.

—La visita que Su Majestad nos hizo el otro día —dijo con dulzura el prelado—, dignándose ver y fallar varias causas, sentado al lado nuestro y compartiendo nuestras fatigas, debía señalarse con una distinción solemne hecha al Supremo Consejo. Así entiendo yo la cruz que se me ha dado, señores: se ha querido honrar a toda la corporación, honrando a este indigno soldado de la fe. Doy las gracias a los generosos ministros que se han acordado de este humilde siervo de Dios; y pues nobleza obliga, suplico a los señores ministros presentes que me acompañen hoy a la mesa.

—Yo acepto —dijo don Pedro Ceballos, con cortesana desenvoltura—. Desde el banquete que Su Ilustrísima dio al Rey el día de la célebre visita, corre por estos barrios la noticia de que el cocinero del Inquisidor general es uno de los mejores de Madrid.

—Un pasar decoroso y nada más —repuso el prelado—. Con que señores, ¿no hay otro de ustedes que quiera hacer penitencia?

—Harela yo también, señor obispo —dijo don Francisco Eguía, estrechando fervorosamente la mano que el reverendo le alargaba.

—Por mi parte, no desairaré a Su Ilustrísima —manifestó Moyano, lleno de piedad cristiana—. El despacho con Su Majestad será breve.

—Señor duque —dijo Su Ilustrísima, despidiéndose—. Señor Collado, señor Pipaón, mil bendiciones para todos y mil millones de gracias por sus bondades.

Salieron.

—¡Id con Dios!... ¡Fuera, fuera, *vil chusma!* —exclamó el duque, moviendo los brazos como cuando se espanta una turba de insectos importunos—. Esta sí que es *vil chusma.*

—Los pobrecitos se contentan con lo que les dan —indicó Chamorro, sonriendo—. La verdad es que no son muy molestos.

—Ya Ceballos da por muerto a su compañero y amigo Villamil —dije yo—. Ese fatuo insoportable me ha pedido noticias, y dice que esta noche piensa echar a Su Majestad un discursito acerca de la *vil chusma*.

—Ya veremos —afirmó Alagón, haciendo ademán de pegar.

—Después lo veremos —repitió el ex-aguador.

—Y qué tal, señor Collado —preguntó Paquito—, ¿ha podido usted conseguir algo esta mañana?

—Así, así —repuso el lacayo, rascándose la sien—. Todavía no se acaba de convencer.

—Se le ha puesto entre ceja y ceja que Villamil es un hombre necesario, y apéele usted de esa burra —dijo el duque.

—Creo que esta noche le convenceremos —indicó el aguador—. Ya esta tarde, cuando le vestimos, parecía más inclinado...

—¿Ha habido piano esta tarde? —preguntó con afán el capitán de la guardia.

—Un poquitín de *forte piano* —replicó maliciosamente el lacayo.

—¿Y esta mañana?

—Rasca y más rasca... No se le podía meter el diente. Artieda, por importuno, se llevó una rociada de vocablos, que si fuera de palos no le quedara hueso en su lugar.

Esto necesita una explicación. Los favoritos habían observado que cuando Su Majestad, al sentarse junto a la mesa de su despacho, movía volublemente los dedos sobre ella, como quien toca el piano, modulando al par entre dientes un sordo musiqueo, estaba en excelente disposición para conceder lo que se le pedía. Por el contrario, cuando se rascaba la oreja o se pasaba la palma de la mano por la frente, era casi seguro que negaría la petición. Ajustaban todos hábilmente su conducta a estos externos signos del humor del príncipe, y por tal ley se regían los sucesos. Un gran movimiento en palacio, excesivo flujo y reflujo de intrigas, febril actividad en los excelsos camarilleros, indicaban que era día de piano.

—Esta tarde vamos a paseo —dijo el duque—, y daré otro ataque. ¿Qué órdenes hay para esta noche?

—Come solo.

—Mejor. Ya me ha dicho que no irá al teatro en toda la semana. Habrá tertulia —murmuró el duque reflexionando—. No falte usted a la tertulia, Pipaón.

—Ni tampoco el señor Ugarte —dijo Chamorro levantándose.

—No faltará —aseguré yo.

—Voy adentro antes que me llame —añadió el aguador—. Hasta la noche, señores.

—Hasta la noche.

Luego que nos quedamos solos, el duque me dijo:

—Que no deje de venir esta noche don Antonio. Es hombre a quien cada vez estima más Su Majestad. Personas de tales prendas debieran poseer por entero la confianza de los Reyes; no ese estúpido Chamorro...

—¡Ah! usted piensa como yo... —dije adaptándome rapidísimamente, según mi costumbre, a las ideas de mi interlocutor.

—¿Qué?

—Que ese Chamorro es un bestia.

—Un dromedario, en cuya joroba no vendrían mal todos los palos que él daba a su pollino cuando traía agua de la fuente del Berro.

—Quién sabe... puede que el palo esté ya cortado de la rama y alguien esté afilándole los nudos...

El duque se echó a reír, marchando ya hacia la puerta, para ir a la Cámara regia.

—Si de mí dependiera... Cuidado, amiguito Pipaón —añadió cautelosamente— con dejar entrever a ese avestruz el asuntillo de que hablamos ayer en la Trinidad.

—¡Oh, el asuntillo! ¡Y qué asuntillo, señor duque! —exclamé restregándome ambas palmas de las manos una con otra, y alzando los hombros.

El duque se puso el índice en la boca, y cordialmente se separó de mí. Poco después estaba yo en casa de don Antonio Ugarte, contándole todo lo que había visto y oído.

XIX

A las nueve de la noche pisaba yo la Cámara real, aquella deslumbradora cuadra, colgada y ornada de amarillo, en cuyas paredes los más hermosos productos del arte (todavía no se había formado el Museo del Prado) recibían diariamente, como gentil holocausto, el humo de los mejores cigarros del mundo. Diversos bustos de príncipes de ambos sexos puestos sobre las mesas, alegraban la estancia con sus caras satisfechas. Las miradas de sus ojos de mármol parece que confluían al centro, y se contemplaban unos a otros, a veces risueños, ceñudos a veces, según estaba festiva o lúgubre la tertulia. Casi en el centro de uno de los testeros, media docena de hombres desvergonzados, sucios, casi desnudos unos y haraposos otros, con semblante estúpido y ademanes incultos todos, se reían de la tertulia constantemente, embrutecidos por el vino. Eran *Los Borrachos* de Velázquez. A veces aquellos hombres puestos en alto, entre los cuales el del centro escrutaba con su mirar insolente toda la sala, parecían una especie de tribunal de locos. En un rincón, junto al hueco de la ventana, refugiado en la sombra y casi invisible estaba un hombre lívido, exangüe, cuya mirada oblicua lo abarcaba todo desde el ángulo oscuro. Vestía de negro y en una de sus manos llevaba un rosario. Era *Felipe II*, pintado por Pantoja. Ante aquel retrato se detuvo en pie Napoleón, contemplándolo con atención profunda un día de diciembre de 1808.

Cuando yo entré en la Cámara Real, Su Majestad estaba sentado en un sillón a poca distancia de la chimenea encendida; tenía la cabeza echada hacia atrás, de modo que miraba al techo, dirigiendo hacia él el humo de su cigarro. A espaldas de su señor estaba Pedro Collado, y no lejos Artieda, que era menudillo y algo compungido, de semblante un poco aclerigado, ya viejo, tardo en hablar y en moverse, pero de ojos muy observadores. El duque había entrado conmigo. Saludamos al Rey, distinguiéndome yo por mis exageradas muestras de veneración y amor, a estilo Lozano de Torres (aún no es ocasión de hablar de este personaje). Fernando me recibió con aquella placentera bondad que le reconocen amigos y enemigos, y luego en el tono más campechano del mundo nos dijo:

—Duque, siéntate... Siéntate, Pipaón.

Volviendo la cabeza a un lado y otro, añadió:

—Collado y Artieda, sentaos.

Los dos venerables criados, el prócer ilustre y yo, humilde hijo de labradores, nos sentamos frente al poderoso en los divanes que había a un lado y otro de la chimenea.

Puso Fernando una pierna sobre la otra (¡cuán presentes tengo estos detalles!) y retorciendo el cigarro en la boca, dejó caer de sus augustos labios estas palabras:

—¿Qué se dice por ahí?

—Esta tarde —replicó Collado— han ido a comer con el Inquisidor general, don Pedro Ceballos, Eguía y el señor Majaderano.

—¿Quién es Majaderano? —preguntó con indiferencia Fernando.

—El ministro de Gracia y Justicia —repuso Alagón—. Así le llamaba *Gallardo* en su graciosa *Abeja*.

No nos reímos, porque el monarca permaneció impasible. Al fin, sonriendo, dijo:

—¡Ceballos sentado a la mesa con el Inquisidor!

La señal fue dada. Todos soltamos la risa.

—¿Si querrá don Pedro participar al prelado cómo va la secta masónica de que es jefe? —dijo el duque.

—Yo había oído que era masón —afirmé con malicia—, pero hasta ahora no sabía que era el Papa de los Hermanos.

—Tan cierto como es noche —dijo Alagón, observando el semblante de Su Majestad, que impasible hasta entonces demostraba poco interés en la conversación.

—Lo que más asombrará al mundo —indicó Collado— es saber que los masones tienen su logia en la casa misma de la Inquisición.

—Hombre, tanto como eso... Murmuró el Rey con indolencia.

Todos fijamos en él la vista.

—Quizás se trate hoy de eso en la comida del Inquisidor —añadió Paquito.

—Artieda —ordenó Fernando bruscamente—. Trae cigarros.

El lacayo dio al Rey lo que este pedía, y habiéndonos ofrecido a todos los presentes, fumamos. El humo de los cuatro cortesanos juntábase con el del

Rey en los oscuros ámbitos del techo, donde hacían cabriolas media docena de dioses y ninfas pintadas por Bayeu.

—¿Qué habláis ahí de franc-masonería? —preguntó Fernando después de una larga pausa en que no se oía más ruido que el del enorme reló cuya ancha esfera y pagana figura de bronce ornaban la chimenea.

—El señor ministro de Estado de Vuestra Majestad lo podrá decir —repuso Collado.

—¿Qué hablas ahí, estúpido? —dijo Fernando, sacudiendo un poco su somnolencia.

—Señor —repuso el criado, apoyando los codos en las rodillas y observando el cigarro mientras lo volteaba entre los dedos, liando y desliando la ensalivada capa—. Los tontos y estúpidos son los que dicen las verdades. Vaya por las que he dicho a V. M. En ocho años.

—¿Hablabas de Ceballos?

—Sí señor.

—Decías que era franc-masón. ¿Acaso hay ahora franc-masones? —preguntó el hijo de Carlos IV con viveza.

—Los hay, los hay —exclamó Collado—. Esta mañana hablábamos el señor Pipaón y yo de la taifa de masones que va saliendo por todos lados, como mosquitos en verano y... que cuente el señor Pipaón lo que sabe.

—Pipaón —dijo el Rey con evidente deseo de variar la conversación y sonriendo picarescamente—, no entiende más que de cortejar muchachas bonitas.

Hice una reverencia a la bondadosa Majestad, única contestación que me era permitido dar a broma tan impropia de la gravedad de mi carácter.

—Sí —añadió el señor de dos mundos, juntando la nariz con la barba—, con esa cara de Pascua florida y esa hinchazón de consejero de Castilla, es el mayor amparador de doncellas que hay en Madrid. Se mete en las casas más honestas, saca los tiernos pimpollos, los conduce socolor de música y fiestas a los barrios bajos, los lleva también a las procesiones, a las fiestas de los conventos...

—Señor, señor...

Yo no podía decir otra cosa, humillando mi frente de vasallo, ante la sonrisa de quien me honraba dejando caer sobre mí las relucientes ascuas de sus burlas reales. De repente aquellos cortesanos tan diestros, tan hábiles en el conocimiento de las conveniencias de la cámara, así como de la caprichosa voluntad de su señor en la marcha de los diálogos que allí se sostenían, dejáronme solo en presencia de Su Majestad. El duque llevó a los dos criados al otro lado de la estancia.

Hubo una pausa. Fernando contemplaba el techo, y al fin, como quien sale de honda distracción, mirome fijamente y preguntó:

—¿Qué decías?

—Señor, Collado ha apelado a mi testimonio en apoyo de sus opiniones sobre la franc-masonería, y yo debo decir...

—Que todos son masones, y yo el jefe de ellos... ¿Te ríes? Pues no falta quien lo asegura así.

—¡Oh!, señor, antes que pronunciar tal desacato, mis labios callarían para siempre.

—La verdad es que hay un Oriente en Granada, del cual es presidente el conde del Montijo... —continuó el Rey.

—Justamente, señor y...

—Y en el cual parece andan también muchos hombres graves que no debieran ponerse en ridículo... pues tengo para mí que eso de la masonería es una farsa grotesca, que no conduce a nada bueno ni a nada malo. Muchos son masones para ocultar sus amores nocturnos —añadió con viveza—; por ejemplo tú... Dime, ¿a qué logia ibas anoche con aquellas dos damas?

—Señor... —repetí confundido.

Indudablemente me puse como una cereza. Él dijo con mucha gracia:

—La desmayada se me presentó otra vez al día siguiente en la Trinidad. Cojeaba un poco y estuvo a punto de caer segunda vez. Muchos tropiezos son en tan poco tiempo.

—¡Oh!, sí, muchos tropiezos. Vuestra Majestad sabe ya quién es la madre, la hija, el hermano, etc. En cuanto a la niña, no hay otra en Madrid ni más linda ni más graciosa.

—En verdad —indicó el Rey, dando a aquel asunto un interés inmenso—, sus facciones no son perfectas; pero la expresión de su cara es encantadora y el conjunto de sus facciones...

—¡Oh, seductor! ¿Pues y aquellos torneados brazos y aquel cuello de alabastro?...

—¡Y qué pie tan bonito! ¿No es verdad? —dijo Fernando con sencillez suma, no menos engolfado que un mozalbete en la contemplación imaginaria de la beldad soñada—. Paco no ha podido decirme los motivos de aquel brusco encuentro; ¿a dónde ibais?, ¿de dónde veníais?

Comprendiendo que marchaba por buen camino, expuse a mi interlocutor los verídicos hechos de mi paseo nocturno, sin omitir nada, ni alterarlos, ni olvidar antecedentes ni móvil alguno, y en el momento en que pronuncié el nombre de Gasparito Grijalva, sorprendiose mucho y alzando la voz, me dijo:

—Hoy ha estado aquí su padre a pedirme que ponga en libertad a ese niño. Es una buena obra... lo he concedido al momento. ¿No crees tú que es una buena acción? La pobre muchacha merece esta recompensa por su puro y noble amor.

Yo callé.

—¿No crees tú que es una buena obra ponerle en libertad?... ¿No crees que mañana mismo?...

Seguí callando y moví la cabeza en ademán dubitativo.

—¡Cuán dulce prerrogativa es la del perdón en los reyes! —exclamé—. Dios se la ha concedido para que sean superiores a las mismas leyes, que no tienen más que la de la justicia.

Fernando pareció fastidiado de mi pedantería, y bruscamente me dijo:

—¿Qué crees tú? Dilo con franqueza.

—Mi opinión, señor —repuse con humildad—, no debe ser de ningún peso en las resoluciones de Vuestra Majestad, pero si me viera precisado a darla...

—Ya la espero —afirmó con impaciencia aquel hombre prudentísimo que no quería nunca proceder de ligero en sus resoluciones.

—¿No hay tiempo de poner en libertad a ese loco? —dije con la mayor osadía—. ¿Por fuerza ha de ser mañana, señor?

—Verdaderamente es así. Pero yo prometí a ese anciano la libertad de su hijo...

—¡Qué dulce prerrogativa es la del perdón! —repetí compungidamente—. ¡Y qué placer tan grande debe de experimentar el corazón de un monarca al conceder mercedes a sus súbditos sin omitir a los más grandes criminales! Las alegrías que con una sola palabra produce, ¡cuán benditas son! ¡Cuántas lágrimas se enjugan! ¡Cuántos corazones palpitan gozosos! El de Presentacioncita, en este caso, saltará dentro del blanco seno, más por ver logrado su empeño que por amor al mancebo.

—Pues qué, ¿no está enamorada de ese calaverón?... —preguntó con mucha viveza, hondamente interesado en todo aquello que pudiera contribuir al bien de sus súbditos.

—No lo creo... Le tiene afecto, un afecto caprichoso y nada más. Es niña de mucha ambición... Ha de saber Vuestra Majestad que tiene aspiraciones locas, insensatas...

—Aspiraciones locas —repitió—. ¡Vaya con la niña!

—Si Vuestra Majestad la tratase, si pudiera apreciar por sí mismo los vuelos de aquella imaginación ardiente...

—La cojita no puede ser más mona —dijo, dando a sus ojos expresión semejante a la que en los suyos tenía alguno de los individuos del lienzo de Velázquez—. ¡Y qué cuerpo tan bien formado!... Es una preciosidad... una joyita de carne y hueso.

Hablome en este tono largo rato, demostrándome su mucha afición a las artes, y principalmente a la escultura, de la que era especial devoto.

—¡Y pensar que tales tesoros van a ser para ese tronera de Gasparito Grijalva! —exclamé yo—. Vamos, ¡quién le había de decir a ese calumniador de Vuestra Majestad, a ese charlatán irreverente y desvergonzado que mañana mismo va a recibir de Vuestra Majestad generosísima el perdón de sus culpas, y que con el perdón va a entrar en el pleno goce de sus derechos amatorios!...

—¡Es su novio, su pretendiente!... ¡Cómo se divierten esos chicos... que no son reyes!

—Y no la deja ni a Sol ni a sombra. ¡Qué pesado es! Como la condesa le permite entrar en la casa, allí está a todas horas el barbilindo cosido a las faldas de su Filis. No puede la niña pestañear sin que el moscón se entere...

—¡Hombre! —exclamó el Rey, dándose una palmada en la rodilla—, me carga ese niño.

—¡Y qué lengua!... ¡Qué lengua! Es capaz de revolver a todo Madrid.

—En verdad, Pipaón, que si no fuese porque prometí a Grijalva ponerle en libertad...

—¿Pero por fuerza ha de ser mañana? —me atreví a decir—. ¡Ah! Vuestra Majestad no sabe ser generoso a medias, y por hacer bien, no repara que favorece a sus enemigos.

—No estaría demás que ese don Gasparito, o don Moscón, durmiese unas noches más en la cárcel, ¿qué te parece, Pipaón?

—Admirable: unos días más de cárcel, y después se le pone en la calle... ¡Generosidad y previsión! ¡Ejemplares virtudes que no deben separarse jamás!

—Dices bien; pero yo... —objetó Su Majestad sacudiendo el cigarro y pidiéndome fuego para encenderlo—, pero yo quisiera servir al pobre y leal don Alonso... Cuando yo estaba en Francia, me prestó varias cantidades sin interés ninguno.

—Si Vuestra Majestad aprecia en algo mi parecer me tomaré la libertad de decirle que Grijalva tiene asuntos de más interés que el de su hijo, y en los cuales puede recibir inmensos favores de su Soberano.

—¿Cuáles?, dímelo pronto.

—El de la moratoria que solicitan las señoras de Porreño... Conceder esa merced y dar golpe terrible a Grijalva es todo uno.

—¿Grijalva es el acreedor? —preguntó con anhelo.

—El mismo. Suponga Vuestra Majestad qué gracia le hará esperar diez o doce años para poder embargar los bienes de esas señoras...

—Porreño se comió su fortuna y la ajena, diose buena vida, y ahora sus herederos no quieren pagar... ¡Qué excelente sistema! Veo que esas señoras tienen talento, Pipaón —dijo Su Majestad con expresión festiva.

—¡Excelente sistema! —repetí yo.

—¡Y sobre todo muy español! —añadió el Rey de las Españas, con un aplomo humorístico que a pesar mío me hizo reír—. Gastar lo propio y lo ajeno, vivir a lo príncipe, y después encastillarse en la grandeza y dignidad de los títulos nobiliarios para rechazar el pago de las deudas como una ignominia... ¡Oh, qué delicioso país y qué incomparable gente!

—Sin embargo, se dice que Grijalva no cobrará...

—Que sí cobrará... pues no faltaba otra cosa —exclamó Fernando con firmeza—. Se me presenta la ocasión más bonita que pudiera apetecer para contentar al buen don Alonso sin ponerle en libertad al niño.

—Con lo cual se le hacen dos favores.

—¡Collado! —gritó el Rey volviendo el rostro.

Acudió el cortesano, y Su Majestad sin mirarle, le dijo:

—¿Apuntaste para mañana el *sobreséase* del hijo de Grijalva?

—Sí señor, aquí está —repuso Chamorro sacando un papel—. Esta noche pienso que pase al señor Echevarri.

—No, no hay nada de lo dicho... ¡Artieda!

El ayuda de cámara se acercó.

—¿No fuiste tú quien tomó nota de la moratoria?...

—Para pasarla al Consejo Real... Ya le he dicho al señor obispo de Menorca y al señor Escóiquiz, que estaba concedida.

—Estúpido ¿quién te mandó prometer?...

—El señor Inquisidor general —dijo Collado— me la recomendó también con vivo interés...

—Perdone Vuestra Majestad —repuso Artieda humildemente—. Sin duda yo entendí mal, cuando Vuestra Majestad se dignó acceder a la petición que le hicieron el reverendísimo señor obispo de Menorca, el reverendísimo señor obispo de Astorga, y el reverendísimo Inquisidor general.

—¡Vete al diablo tú y tus reverendísimos!... —exclamó Fernando, con el rostro encendido por la ira, lo cual le acontecía a la menor incomodidad.

—Entonces... —balbució el ayuda de cámara.

—Entonces... —repitió el Rey, remedando, no sin gracejo, el aire contrito y el sonsonete quejumbrón de Artieda— entonces quiero decir que no concedo la moratoria... ¿Lo entiendes? ¿Todavía quieren más los reverendos? Ya no les queda nada que pedir para sí, y piden moratorias para sus tramposos amigos, tenencias de resguardo para los cortejos de sus sobrinas y beneficios simples para los niños de teta de sus señoras amas...

—El señor obispo de Almería —dijo Collado con timidez— me dijo que tenía tanto, tantísimo interés en que esas señoras... Y Su Ilustrísima...

—Basta de Ilustrísimas y de sobrinos de Ilustrísimas —dijo Fernando con hastío—. Collado, quedamos en que no hay *sobreséase* para el hijo de

Grijalva. Artieda, quedamos en que no hay moratoria para las señoras de Porreño... Ambas cosas negadas.

Hubo una pausa. Los criados se retiraron taciturnos. Observé que desde el rincón de Felipe II, cuatro ojos me miraban con enojo.

Un instante después entró en la tertulia mi maestro y señor don Antonio Ugarte.

XX

Entró risueño, rebosando alegría, repartiendo sonrisas, cautivando con su amabilidad de tal suerte, que la tertulia solo con su presencia adquirió la animación de que antes carecía. Recibiole Fernando con mucho gozo, y después que cambiaron varias palabras, mitad en broma, mitad en veras, diole el Rey las quejas por su ausencia, a lo cual contestó Ugarte:

—Pues qué, ¿este tunante de Pipaón no dijo a Vuestra Majestad que salí de Madrid a desempeñar un encargo del señor ministro de Rusia?... Y a propósito, señor, ¿con que ya no tenemos ministro de Hacienda?

—¡Ya no tenemos ministro de Hacienda! —replicó Fernando con afectación de pesadumbre festiva—. Estamos sin ministro de Hacienda. ¡Qué desventura! Di Ugarte, ¿tenemos aire que respirar y Sol que nos alumbre?

Todos prorrumpieron en sonoras carcajadas, fórmula entonces la más gráfica de la adulación.

—¡Oh!, señor —dijo Ugarte con irónico acento dramático—, estamos muy mal. ¡El mundo se desquicia!... ¿Qué va a ser del reino sin ministro de Hacienda?

—Como que no sabemos que dos y dos son cuatro si el ministro de Hacienda no nos lo dice... —añadió el Rey, produciendo nueva explosión de risas—. Pero recobra el aliento, querido Ugarte, que hay ministro.

—¿Quién, señor? ¿Se puede saber?

—El mismo, el *señor alcalde de Móstoles.*

—¡Oh! —exclamó Ugarte con cierta confusión—. Me habían dicho que el señor don Juan Pérez se había ido esta tarde a tocar el órgano del pueblo a que debe la celebridad.

—No hagas caso —indicó el Rey— no tengo motivos para despedir a Villamil. Solo que esta *vil chusma*, como dice Ceballos, es capaz con sus chismes y enredos de trastornarme los ministerios todos los días.

—Pues por Madrid ha corrido la noticia —añadió Antonio I—. Por cierto que se daba a don Felipe González Vallejo como sucesor de don Juan Pérez.

—Eso quieren estos —dijo Fernando, señalando con desdén a Alagón y a los dos criados—. En caso de vacante, tal vez...

—Pues el consejo del duque me parece acertado —dijo Ugarte—. Vallejo es hombre que lo entiende, aunque no lo parece. Es de esos cuya apariencia engaña.

—¡Y tanto que engaña! —repitió Fernando con malicia—. Cualquiera creería, oyendo a Vallejo, que es tonto solemne de siete capas. Se lleva uno cada chasco...

—Casi siempre engaña la apariencia en los hombres de Estado —repuso Ugarte.

—Vamos, ya cogió don Antonio su tema favorito —dijo el duque riendo—. Va a hablar pestes de Ceballos.

—No, nada de eso... Acabo de separarme de él en casa de unos amigos —replicó don Antonio—. Tan guapote como siempre...

—Aquí —dijo el Rey sonriendo— se ha dicho esta noche que es el jefe de los masones.

—Como don Pedro ha de estar en todo —repuso Ugarte con mucho gracejo— nada tiene de particular que esté también en la masonería. ¿No le llaman por ahí *el indispensable*?

—Y el *cambia-colores* .

—¿No ha figurado en todos los partidos desde 1808?

—Vamos, no murmurar —dijo Fernando—. Se miente mucho y se dicen muchas falsedades.

—Ciertamente —añadió Alagón con punzante ironía—. Que don Pedro Ceballos, después de ser ministro de Carlos IV y del señor don Fernando VII, fue a Bayona y se vendió a Bonaparte... ¡falsedad! Que el señor don Pedro Ceballos, acompañado del masón Urquijo y del inquisidor Llorente, redactó la Constitución de Bayona... ¡falsedad! Que el mismo señor firmó la circular del 8 de julio a los agentes diplomáticos, mandándoles reconocer al rey Botellas... ¡falsedad! Que el susodicho, volviéndose del revés, publicó un célebre manifiesto en que ponía como ropa de pascuas a Napoleón, a José y a Godoy... ¡falsedad! Que después ofreció sus servicios a las Cortes de Cádiz, las cuales le hicieron consejero de Estado... también falsedad y calumnia... En fin, que mi hombre cansado de tantos naufragios, arribó al puerto del gobierno absoluto, donde echó el ancla e hizo bandera de...

—¡Alto, alto!... —exclamó con mucha zunga Fernando VII—; alto, querido Alagón, que te metes en terreno de mi tío el almirante.

Todos prorrumpimos en alegres risotadas.

Un lacayo anunció la visita de dos personajes, diciendo:

—Don Pedro Ceballos, don Juan Pérez Villamil.

Pocos minutos después, en la tertulia y placentero corrillo junto a la chimenea y alrededor de nuestro Rey, éramos siete; ocho, contando con el astro hispano de que éramos satélites.

Villamil hablaba poco y era hombre muy serio. Ceballos, por el contrario, gustaba de recrearse en sus propias palabras y era festivo, grave, frívolo o sesudo, según el humor de sus interlocutores. El primero que rompió la palabra, sin embargo, fue el ministro de Hacienda, sin duda porque traía dentro del cuerpo algo que anhelaba echar fuera.

—Señor —dijo respetuosamente—. Por ahí se dice que he dejado de ser ministro de Hacienda. Como Vuestra Majestad no se dignó decirme nada esta mañana, vengo a saber si es cierto, para retirarme al sosiego de mi casa, de donde no me gusta salir sino para el servicio de Vuestra Majestad.

—¿Qué estás hablando? ¡Que dejas de ser ministro! —exclamó Fernando con afectado asombro.

—Así se dice, señor.

—¿Habéis oído algo? —preguntó Su Majestad, recorriendo con sus ojos el círculo de semblantes que ante sí tenía.

—Yo no he oído nada...

—Ni yo.

Todos dijimos que no, haciéndonos los pasmados.

—Ya estoy cansado de recomendar que no se haga caso de paparruchas —dijo gravemente y con mucha energía nuestro soberano—. Pues qué,

¿dejarías tú de saberlo, si no estuviese contento de tu ministerio? ¿Por qué había de ocultarlo hasta el momento de sustituirte?

—Eso mismo digo yo. Si Vuestra Majestad...

—¿Y qué tenemos de negocios? —dijo bruscamente Fernando, interrumpiendo a su ministro.

—Los decretos que pasaron a informe del Consejo, están ya despachados —repuso Ceballos.

—¿Cuándo quiere Vuestra Majestad que se publiquen? —preguntó Villamil.

—Cuanto antes, hombre. Ya deberían estar publicados.

—No se dirá que no se trabaja en los ministerios —manifestó Ugarte, dirigiendo principalmente sus miradas al secretario de Estado—. Ahí es nada la balumba de disposiciones que van a promulgarse estos días.

—Decreto prohibiendo las máscaras —dijo Ceballos—; decreto prohibiendo los periódicos; decreto encargando la educación de los niños y las niñas a los frailes y las monjas; decreto recomendando que se respete y venere a los ministros del altar; circular mandando a los españoles que guarden la mayor compostura dentro de la iglesia; circular disponiendo que las señoras se vistan con modestia para asistir a las funciones religiosas... En fin, la perturbación en que el reino quedó después de las Cortes, exige que se trate de poner algún arreglo en esta sociedad... He enumerado las disposiciones que Vuestra Majestad se ha dignado proponer y que se me entregaron en minuta escrita de su puño y letra... La previsión y tino de Vuestra Majestad son dignos del mayor elogio. Los citados decretos son convenientísimos y de grande aplicación en el estado del reino... Queda, sin embargo, mucho por hacer todavía. Nosotros, como más en contacto que Vuestra Majestad con los negocios públicos y las necesidades del reino, hemos observado irregularidades y asperezas y situaciones anómalas y tirantes que deben desaparecer.

Fernando oía con profunda atención a su ministro de Estado, y los demás también.

—Explícate mejor —dijo el Rey—. Ya sabes que siempre te oigo con gusto.

Inclinándose agradecido Ceballos, prosiguió así:

—Aquello en que principalmente hay que poner mano es la irregularidad del gobierno de las provincias de Andalucía. Hay en Sevilla un hombre llamado Negrete, a quien todos conocemos, el cual domina allí como dictador, sin documento alguno que acredite su autoridad, diciéndose emisario del gobierno y atropellando a todo el mundo del modo más inicuo. La exageración y la saña son tan perjudiciales al Estado, como la tibieza y blandura excesivas. Las provincias de Andalucía están aterradas, señor, con la presencia de tal monstruo. No sabemos qué magia terrible lleva ese hombre en sus palabras; pero es lo cierto que los propios jueces tiemblan ante él. Llena ese vil los calabozos sin más ley que su capricho, y socolor de perseguir y exterminar a los liberales, comete los más infames atropellos. Él mismo forma brevemente las causas, asistido de viles sicarios, y las falla en el tribunal de la Inquisición, donde se ha constituido en juez supremo... Ahora digo yo, señor, ¿puede esto tolerarse?... ¿es posible gobernar a una nación de esta manera? Vuestra Majestad no ha dado poderes a ese hombre...

—¡Oh, no; seguramente que no! —dijo Fernando con aplomo imperturbable.

—Nosotros los ministros tampoco; el Consejo tampoco: luego ese hombre es un falsario; ese hombre es instrumento de algunos pérfidos que subterráneamente, o quizás de un modo hipócrita, fingiendo interés por Vuestra Majestad, se complacen en sostener esta sangrienta intriga, que perturba el reino todo y hace odioso el paternal gobierno establecido a costa de tantos sacrificios.

Hubo una pausa. El soberano meditaba.

—Cosas de la masonería —indicó Ugarte.

Y repitieron todos.

—Cosas de la masonería.

En aquel tiempo, la culpa de todo se echaba al gato, es decir, a los masones.

—Yo encargaré a Echevarri —dijo al fin Fernando muy seriamente—, que se ocupe con empeño de descubrir los autores de tales atentados y en ponerles remedio.

Echevarri era el ministro de Seguridad pública.

Todos fijamos la vista en Su Majestad, que contemplando el fuego, movía dulcemente los labios, tarareando y sonriendo.

—Ceballos, ¿has visto hoy a Pepita? —dijo de súbito.

—¡Oh, sí! —repuso el cortesano, cambiando repentinamente de semblante y tono y poniendo en olvido como por encanto a Negrete y sus tropelías—. La he visto. Está muy incomodada con el duque por cierta canonjía.

—¿De veras? —preguntó Su Majestad riendo.

—Traslado la incomodidad al señor Collado —dijo el duque—, que en su afán ambicioso ha dejado a esa señora sin la prebenda que le prometí.

—¡Qué demonio! —exclamó perezosamente Fernando—. Dádsela, dadle cualquier cosa... Por no oírla se le podrían regalar dos mitras.

—¡Dos mitras! —dije yo—. Las tiene todas la negra del señor Villela.

Más adelante hablaré del señor Villela, de su negra y de las mitras de la negra del señor Villela.

—Como esa canonjía estaba ya dada —manifestó Collado—, pensé que le vendría bien a doña Pepita una superintendencia de Arbitrios, y esta mañana le di la nota al señor Villamil.

—Se hará inmediatamente —repuso el hacendista.

—O se le dará la bandolera vacante —propuso Alagón.

—¿Pero hay todavía superintendencias de Arbitrios? —preguntó humorísticamente el Monarca—, mejor dicho, ¿hay arbitrios todavía? Yo pensé que todo eso pertenecía a la historia, según están las cajas del Tesoro de lisas y mondas.

—Señor —dijo Villamil—, el estado del Erario no se oculta a Vuestra Majestad. El escaso producto de los impuestos no basta ni con mucho a cubrir los enormes gastos, aumentados cada día con la creación de nuevos destinos. El reino no tiene recursos para costearse su ejército, ni su marina, ni para dotar dignamente la Casa Real ni su regia guardia; España es pobre, pobrísima; necesita los caudales de América para vivir con algún decoro entre las naciones de Europa.

—Y esos caudales de América, ¿dónde están?

—¡Ay, eso es lo que a todos nos contrista! Fácil sería gobernar la Hacienda, si América nos enviase los tesoros que aquí nos hacen falta. Esa gran canonjía de nuestra nación no ha durado todo lo que debiera. Reflexione Vuestra Majestad, como Rey previsor, sobre la gravedad de esta situación. La América está toda sublevada, y las juntas rebeldes funcionan en Buenos Aires, en Caracas, en Valparaíso, en Bogotá, en Montevideo. Si México está

116

aún libre del contagio, los americanos de Washington se encargan de trastornar también aquel país, del mismo modo que el Brasil nos trastorna el Uruguay, e Inglaterra nos revuelve a Chile. La insurrección americana exige un gran esfuerzo, un colosal esfuerzo. Es preciso mandar allá un ejército; pero para esto, señor, se necesitan tres cosas: hombres, dinero y barcos.

—¡Hombres, dinero, barcos!

—Lo primero no falta; pero ¿cómo los equiparemos, y sobre todo, en qué buques les lanzaremos al mar? Vuestra Majestad no tiene en su marina un solo navío que valga dos cuartos, y los arsenales carecen de elementos para la construcción.

—¡Risueño cuadro acabas de trazar! —dijo Fernando, hundiendo la barba en el pecho.

—Risueño no pero sí verdadero —afirmó don Juan Pérez—. Si ocultase a mi Rey la verdad, sería indigno del afecto que Vuestra Majestad me profesa.

—Y que te profesaré siempre. Has hablado como un buen ministro. Nada de fantasías ni palabras bonitas. Así me gusta a mí... Pues es preciso buscar dinero y buscar hombres y buscar barcos.

—Señor, no olvide Vuestra Majestad —dijo Ceballos—, que si se lleva adelante la negociación con Inglaterra sobre la abolición de la trata de negros, o hemos de poder poco o nos han de dar una indemnización de muchos miles de libras.

—Es verdad: para resarcir los perjuicios de los tratantes de esclavos... A ver, Ceballos, Villamil —añadió Fernando con dulzura—, estudiad un plan, un plan cualquiera que mejore la situación en que nos hallamos. A uno y a otro os sobra talento para eso y para mucho más... ¿Me entendéis? Discurrid un plan vasto, que nos proporcione los recursos necesarios para sofocar la insurrección americana, bien sea creando impuestos, bien pidiendo dinero a los holandeses o a los judíos de Francfort, bien logrando los buenos oficios de alguna nación poderosa... En fin, ya me entendéis.

—Ya manifestaré más adelante a Vuestra Majestad algo de lo mucho que he meditado sobre el particular —dijo Ceballos.

—Y tú, Villamil, discurre, trabaja, proponme algo —prosiguió Fernando—. Por supuesto, no puedes figurarte lo que me mortifica que hayas creído en esas ridículas hablillas acerca de tu destitución.

—Señor...

—Hablaremos más despacio mañana... Puedes irte tranquilo y seguro de que sé apreciar tu lealtad... ¡Oh, Villamil!... No abundan los hombres como tú... Vamos, otro cigarrito.

Diciendo esto Su Majestad, con aquella bondad peculiar, que indicaba tanta honradez y nobleza en su carácter, ofreció un cigarro a don Juan Pérez Villamil.

—Gracias, señor, acabo de fumar.

—Enciéndelo para salir. Como este habrás fumado pocos... Mira, puedes llevarte todo el mazo —añadió ofreciéndoselo galantemente.

—Señor...

—Nada, que te lo lleves. Tengo gusto en ello.

Cuando don Juan Pérez, apremiado por la bondadosísima y gallarda fineza del príncipe, tomaba los cigarros, yo sentía que un cuerpo duro tocaba mi codo. Era el codo del señor duque de Alagón.

Villamil y Ceballos se levantaron para marcharse.

—Que vengas mañana temprano —repitió el Rey—. A ver si discurres algo. Y tú Ceballos, si ves a Pepita... En fin, ya sabes: una superintendencia de provincia o la bandolera vacante... lo que ella prefiera.

—En el despacho de mañana —dijo Ceballos, que se había quedado muy taciturno—, tendré el honor de leer a Vuestra Majestad la contestación que he dado a la nota de don Pedro Gómez Labrador.

—Sí, bueno, todo lo que quieras... Mañana... Adiós, ¡pero qué tarde es!... Podéis retiraros... yo también me voy a recoger —dijo Fernando con impaciencia.

Los ministros salieron y quedamos solos los camarilleros.

XXI

Apenas se cerró la puerta tras los dos repúblicos, Fernando se levantó, y con las manos en los bolsillos, dio algunos pasos por la habitación. Ugarte le miraba sonriendo. Ninguno de los demás nos atrevíamos a desplegar los labios, y el silencio se prolongó hasta que el mismo soberano se dignara romperlo, preguntando:

—¿Qué dices a esto, Ugarte?

—Que admiro la paciencia de Vuestra Majestad —repuso el ex-bailarín—. Según el señor Juan Pérez, ya no hay colonias, ya no hay soldados, ya no hay barcos, ya los españoles no tienen alma para vencer las dificultades. Sostendrá también el abuelillo que ya no hay aire que respirar, ni Sol en el cielo.

—La verdad es —dijo Fernando deteniéndose meditabundo ante la chimenea— que no estamos en Jauja.

Y luego dando un suspiro, añadió:

—Hay que despedirse de las Américas.

—¿Por qué, señor? —dijo bruscamente Ugarte—. Se exagera mucho. Persona venida hace poco de allá, me ha dicho que toda la insurrección americana se reduce a cuatro perdidos que gritan en las plazuelas.

—Lo mismo me ha escrito a mí un amigo —añadí yo, forzando los argumentos de mi patrono—. Unos cuantos presidiarios, con algunos ingleses y norteamericanos, echados por tramposos de sus respectivos países, sostienen la alarma en aquellos lejanos reinos de Vuestra Majestad.

—Pues id vosotros a reducir a la obediencia a esas dos docenas de facciosos —dijo el Rey.

—Señor, en resumen —manifestó Ugarte—, mande Vuestra Majestad a América, un ejército, un verdadero ejército, con una escuadra, en vez de medias compañías dentro de una goleta como se ha hecho hasta aquí, y a los cuatro meses se verán los resultados.

—¿Y ese ejército, dónde está? —preguntó fríamente.

—¿Dónde están los vencedores de Napoleón? Parece mentira que Vuestra Majestad haga tales preguntas.

—Hombres valerosos no faltan; pero ¿cómo se les organiza, cómo se les viste, cómo se les mantiene?

—Muy sencillamente —repuso Ugarte, alzando los hombros—: organizándolos, vistiéndolos, manteniéndolos.

—Tú tendrás alguna mina. ¿Quieres decirme dónde está?

—Dos palabras, señor —dijo Ugarte, echando el cuerpo hacia adelante en su sillón y apoyando el codo en la rodilla, mientras el Rey se sentaba junto a él—. He dicho a Vuestra Majestad la otra noche que me atrevía a organizar un ejército expedicionario, siempre que tuviera para ello la competente autorización.

—Yo te la doy —replicó Fernando—. A ver de dónde vas a sacar ese ejército, y cómo lo vas a sostener.

—Vuestra Majestad me dijo también la otra noche que consagraría a tal objeto y pondría a mi disposición una parte mínima de las rentas reales.

—Es verdad.

—Pues el alistamiento se hará, señor —afirmó don Antonio con resolución admirable—. No tiene que pensar más en ello Vuestra Majestad.

—Bueno, ya está el alistamiento. Ahora hazme el favor de decirme si vas a mandar a América esos soldados en cáscaras de nuez.

—No señor, que los mandaré en magníficos navíos y barcos de trasporte —repuso el arbitrista con una placentera y llana confianza que a todos nos dejó pasmados.

—Pero ya sabes que no los tenemos.

—Se compran.

—¡Se compran!... Y dice «se compran» como si costaran dos pesetas.

La naturalidad admirable con que Ugarte hacía frente a los mayores obstáculos, la frescura, digámoslo así, con que todo lo resolvía y allanaba, no podían menos de cautivar el ánimo del Soberano, agobiado por el continuo clamoreo de sus ministros. Todos los demás contertulios observábamos con verdadero asombro la prodigiosa iniciativa de Ugarte, y ante tanto ingenio, ante tan firme voluntad, callábamos, confundidos.

—Pues es claro que se compran —añadió el proyectista—. Apostaría a que Vuestra Majestad va a preguntarme que con qué dinero.

—Justo.

—Pues yo respondo que, si poseo la confianza de mi Soberano, me sobrarán fondos en que elegir.

—Quizás cuentas con la indemnización que nos va a dar Inglaterra.

—¿Por qué no?

—Pero es para resarcir a los negreros.

—Eso es, pagar a los negreros y que se pierdan las Américas. ¿No vale más dejarles sin indemnización, y conservarles los esclavos y las tierras?

—Está dicho todo —exclamó resueltamente Fernando, cediendo por completo a la seductora sugestión de aquel brujo que prometía los imposibles y teñía con frescos y brillantes colores el entenebrecido horizonte de la política—. Está dicho todo. Tienes mi autorización para hacer el alistamiento, para tomar de la real Hacienda los fondos necesarios, para tratar de la compra de buques, vestuario y demás.

De aquella conversación, brotó el poder oculto que don Antonio Ugarte tuvo durante algún tiempo, y en virtud del cual, hasta llegó a celebrar tratados con potencias extranjeras en calidad de *secretario íntimo* de Su Majestad. Más adelante veremos cómo alistaba tropas y qué tal mano para comprar buques tenía don Antonio. Sus proyectos forman una página curiosa en la historia del absolutismo.

—Ya se ve —dijo después de una pausa, durante la cual observaba los dibujos de la alfombra—. Con hombres como Villamil las dificultades se multiplican. Al buen alcalde se le antojan sus dedos huéspedes, y como en todas las ocasiones difíciles se asesora de Ceballos...

—El pobre Ceballos —dijo Fernando—, ha trabajado como un negro en ese fastidioso asunto del Congreso de Viena. No se le debe criticar, y si no se ha conseguido más, no ha sido por culpa suya.

—Entre Labrador y Ceballos, como si dijéramos, entre Herodes y Pilatos, España está haciendo un papel ridículo en Viena.

—¿Pero qué puede esperarse de un plenipotenciario que ya ha mostrado no tener ni dignidad ni carácter? —dijo el duque de Alagón—. ¿No fue Labrador ministro de Estado en las Cortes de Cádiz, y después realista furibundo?

—Y al presentarse en Cádiz felicitó a las Cortes por el *sabio Código* que habían hecho —añadí yo.

—En manos de estos hombres que ayer eran liberales locos y hoy absolutistas rabiosos —dijo Ugarte—, nuestra política exterior no puede menos de ser desastrosa. ¡Rutina incurable! Nuestra nación, señor, ha de vivir siempre bajo la vigilancia interesada, mejor dicho, bajo la tutela de Inglaterra o de Francia. La primera trabaja porque perdamos las Américas y porque se arruine nuestro comercio; la segunda no nos perdonará nunca el haber vencido a sus soldados, aunque fueran mandados por el general Bonaparte.

—En eso creo que tienes razón —dijo fríamente Fernando.

—Pues si tengo razón, ¿por qué no intenta Vuestra Majestad estrechar sus relaciones con un poderoso imperio, bastante fuerte para ser buen aliado, bastante remoto para no disputarnos nuestro territorio?

—Soy muy amigo de Alejandro —repuso el autócrata secamente.

—Pero esa amistad sería unión indestructible, si Vuestra Majestad, que seguramente no puede permanecer soltero más tiempo, se enlazara con una princesa rusa.

Al decir esto, Ugarte había pronunciado la última palabra del atrevimiento. Hubo una larga pausa. Observamos todos el semblante del Rey, que con las piernas estiradas, las manos en los bolsillos del pantalón y la barba sobre el pecho, indolentemente tendido más bien que sentado en el sillón, no se dignaba contestar ni con palabras, ni gesto, ni mirada ni sonrisa a las palabras de Ugarte. Por último, le vimos mover los brazos, luego alzar la cabeza, y aguardamos con ansiedad vivísima el sonido de su voz.

—¿Te parece —dijo— que debo refrenar un poco a Negrete?

—Las atrocidades del comisario secreto son tan grandes —repuso Ugarte—, que convendría ponerle a un lado y prescindir de sus servicios. Ceballos tiene razón. Están tan irritados los andaluces, que son capaces de volverse todos liberales, si ese verdugo sigue haciendo de las suyas.

—La cuestión es delicada. Negrete tiene órdenes mías, y si intentamos sujetarle por la vía de las autoridades legítimas, no es fácil que ceda.

—Para eso se manda un nuevo comisionado a Andalucía, un hombre hábil, enérgico, ingenioso y muy discreto, Pipaón, por ejemplo —dijo don Antonio mirándome.

—No —replicó vivamente Fernando, mirándome también—. Yo no quiero que Pipaón salga de Madrid por ahora. Ya se buscará otro comisionado. Después de todo, nada se pierde con que Negrete continúe sentando la mano algunos días más. Andalucía está infestada de jacobismo.

—Y Madrid también —afirmó el duque.

—Las sociedades secretas rebullen por todos lados.

—No será porque dejamos de tener ministerio de Seguridad pública —dijo con ironía el Rey.

—Echevarri encarcela a los mentecatos y deja en libertad a los pillos. Los calabozos están repletos de tontos. Pero ¿qué ha de suceder si los principales personajes del gobierno están inficionados de liberalismo? Ceballos es masón, Villamil y Moyano no ocultan sus ideas favorables a un sistema templado como el de Macanaz; Escóiquiz augura desastres; Ballesteros quiere que se dé una especie de amnistía; en toda España se conspira. Ábrase un poco la mano y las revoluciones brotarán por todas partes como pinos en almáciga.

—Pues se cerrará la mano, se cerrará la mano —dijo Fernando incorporándose en su asiento—. Duque, pon algunas líneas mandando a Negrete que siga aplastando el jacobinismo; pero con la condición de que no sea bárbaro... No se puede confiar a nadie una comisión delicada...

Artieda acercó un velador con recado de escribir, y bien pronto la tertulia se trocó en oficina. El duque tomó una pluma.

—Ugarte —añadió el Rey—, puedes redactar las bases de la autorización que te doy para alistar el ejército expedicionario y demás. Me quedaré con tu borrador para meditarlo, y después te daré la copia firmada.

Don Antonio tomó otra pluma. Acariciándose la boca con las barbas de esta, miró al Rey.

—Permítame Vuestra Majestad —dijo— que decline el grande, el insigne honor que quiere hacerme, depositando en mí toda su confianza.

Fernando le miró con asombro, y los demás también.

—De nada serviría mi abnegación, mi trabajo, mis grandes cavilaciones y proyectos —continuó el arbitrista—, si desde el principio tropezara con obstáculos insuperables. Yo he prometido a Vuestra Majestad reunir tropas y equiparlas, y comprar los buques necesarios para que vayan a América...

—Pero una cosa es prometer, y otra...

—Es que no puedo pensar en el desarrollo de mis proyectos, mientras sea ministro de Hacienda el señor Villamil.

—¡Bah, bah! —exclamó Fernando con tono de indolencia y fastidio.

Hubo una pausa. Todos contemplábamos al Rey, el cual, arqueando las cejas se pasaba la mano por la cabeza, cual si se cepillara el pelo hacia adelante.

—Pipaón —dijo al fin—, extiende la destitución de Villamil... Que se le lleve esta misma noche.

Yo tomé otra pluma.

Así cayó don Juan Pérez Villamil; así cayeron también Echevarri, Ballesteros, Macanaz, Escóiquiz, el mismo Vallejo, nombrado aquella noche, Moyano, León Pizarro, Lozano de Torres, y otros muchos.

—Ahora extiende el nombramiento de don Felipe González Vallejo, ministro de Hacienda.

Así subió Vallejo.

—¿Qué más hay? —preguntó Fernando con cierta somnolencia.

—Vuestra Majestad me concedió una bandolera —dijo tímidamente Artieda—, para el sobrino del señor Arcipreste de Alcaraz...

—Es que hay una sola vacante —añadió Collado avariciosamente—, y Su Majestad me la tiene prometida.

—Es verdad —dijo el Rey.

Artieda miró a Chamorro con enojo.

—Esa vacante me la había reservado yo para mí —objetó con sequedad Paquito Córdoba—. Es mucha la ambición del señor Collado. Después que me ha disputado esa miserable canonjía de Murcia como si fuese un imperio...

—Tienes razón —murmuró Fernando.

El aguador clavó sus ojos en el duque con expresión de envidia.

—Señor —dijo con suavidad sonriente don Antonio Ugarte—. Pocas veces pido mercedes de esta clase a Vuestra Majestad. Ya dije el otro día que deseaba una bandolera para un joven pariente mío.

—Nada más justo —repuso el Rey cerrando los ojos perezosamente—. Ugarte, todo lo que quieras.

El duque dirigió a Antonio I una mirada rencorosa.

—Señor —dije yo, sin encomendarme a Dios ni al diablo—, no olvide Vuestra Majestad que prometió una bandolera al señor conde de Rumblar, mi querido amigo.

El Rey abrió los ojos, sacudiendo la pereza, y exclamó enérgicamente, con aquella resolución a que ningún cortesano podía oponerse:

—La bandolera, para el señor conde de Rumblar... lo mando... Alagón, extiende el nombramiento ahora mismo.

Ugarte me miró, frunciendo el ceño.

Y se levantó la sesión, como dicen los liberales.

Como se ha visto, en las tertulias de Su Majestad nadie podía vanagloriarse de tener ascendiente absoluto y constante. Unos días privaba este, otros aquel, según las voluntades recónditas y jamás adivinadas de un monarca que debiera haberse llamado Disimulo I. Además aquel discreto príncipe, que así delegaba su autoridad y democráticamente compartía el manto regio con sus buenos amigos, como compartió San Martín su capa con el pobre, no tuvo realmente favorito, no dio su confianza a uno solo, elevándole sobre los demás; jugaba con todos, suscitando entre ellos hábilmente rivalidades y salutífera emulación, con lo cual estaba mejor servido y los destinos y prebendas más equitativamente repartidos.

De lo que anteriormente he contado puede dar fe un ministro de Su Majestad por aquellos años,[3] el cual, en papel impreso muy conocido, dice, echándosela de rigorista y de censor: «...pero lo peor es que por la noche da entrada y escucha a las gentes de peor nota y más malignas, que desacreditan y ponen más negros que la pez, en concepto de S. M. A los que le han sido y le son más leales... y de aquí resulta que, dando crédito a tales sujetos, S. M. Sin más consejo, pone de su propio puño decretos y toma providencias, no solo sin consultar con los ministros, sino contra lo que ellos le informan... Esto me sucedió a mí muchas veces y a los demás ministros de mi tiempo... Ministros hubo de veinte días o poco más, y dos hubo de 48 horas; ¡pero qué ministros!»

Por las declamaciones de este escrupuloso descontentadizo no se vaya a creer que la camarilla era cosa mala. Era, por el contrario, lo mejor de mundo, sobre todo para nosotros, que traíamos los negocios del reino de mano en mano y de boca en boca, despachándolos tan a gusto del país, que aquello era una bendición de Dios. Ninguno, sin embargo, pudo jactarse de ser el primero en la voluntad y paternal cariño de aquel bondadoso soberano absoluto; y en prueba de ello referiré lo que sucedió al día siguiente de la

---

3   Lardizábal, ministro de Indias (absolutista). (N. del A.)

reunión que con todos sus puntos y señales he descrito, no apartándome en todo el discurso de ella ni un ápice de la verdad.

Al día siguiente, como dije, volví a palacio y encontré al señor Collado, al señor Artieda y al señor duque muy alarmados. ¿Por qué? Porque el Rey estaba conferenciando a solas con un sujeto que hasta entonces no había sido recomendado ni introducido por ninguno de los sobredichos palaciegos. Creyose que sería algún emisario de Ugarte, pero entró enseguida don Antonio y negó el caso.

Reunímonos todos en la antesala y a poco vimos salir a un fraile francisco, joven, bien parecido, excelente mozo, que más parecía guerrero que fraile; de aspecto y ademanes resueltos, mirada viva y revelando en todo su continente y facciones una disposición no común para cualquier difícil cosa que se le encomendara.

—¿Quién es este pájaro? —preguntó Ugarte demostrando en su tono que estaba completamente desconcertado.

—Se llama fray Cirilo de Alameda y Brea —dijo Artieda, que estaba fuerte en todo lo referente al personal eclesiástico de la monarquía.

—Y ¿qué es este hombre?

—Fue maestro de escuela en Pinto.

—Y después marchó a Montevideo, donde se ocupaba... No sería en cosa buena.

—En redactar Gacetas.

—Es hombre que pone bien la pluma, según parece.

—Vino por vez primera con el general Vigodet —añadió Paquito Córdoba—. Su Majestad le ha recibido después en varias ocasiones, y nunca he podido averiguar...

—¿No ha dejado traslucir nada?

—Absolutamente nada.

—Hoy ha durado la conferencia dos horas.

—¿Y ninguno de ustedes sabe nada? —repitió Ugarte, interrogando todos los semblantes—. Yo estoy confundido.

—No sabemos una palabra.

—Pues estamos bien... ¿Apostamos a que este tunante de Pipaón lo sabe todo?

—Ni una palabra —respondí tan confuso como los demás.

Y era la verdad que nada sabía. Más adelante todos desciframos el enigma, que me hizo decir *no hay función sin fraile*; pero no ha llegado aún la ocasión de revelarlo.

XXII

Antes de seguir, quiero indicar las observaciones que sugirió el manuscrito de estas Memorias a una persona de aquellos tiempos y de estos. Don Gabriel Araceli,[4] a quien lo mostré (no es preciso decir cuándo ni cómo), me dijo que los lectores de él, si por acaso lograba tener algunos, no podrían menos de ver en mí un personaje de las mismas mañas y estofa que Guzmán de Alfarache, don Gregorio de Guadaña o el Pobrecito Holgazán; a lo cual le contesté que sí, y que de ello me holgaba, por ser aquellos célebres pícaros de distintas edades los más eminentes hombres de su tiempo, y caballeros de una caballería que yo quería resucitar para que se perpetuase en la edad moderna. Dijo también el sobredicho señor, que nada de lo que apunté o describí con burdo o sutil estilo, se diferenciaba un punto de la verdad.

—La comparsa en que usted figuró, señor don Juan —dijo al fin, echándoselas de dómine sermonista—, fue de las más abominables y al mismo tiempo de las más grotescas que han gastado tacones en nuestro escenario político. Cuanto puede denigrar a los hombres, la bajeza, la adulación, la falsedad, la doblez, la vil codicia, la envidia, la crueldad, todo lo acumuló aquel sexenio en su nefanda empolladura, que ni siquiera supo hacer el mal con talento. El alma se abate, el corazón se oprime al considerar aquel vacío inmenso, aquella ruin y enfermiza vida, que no tiene más síntomas visibles en la exterioridad de la nación, que los execrables vicios y las mezquinas pasiones de una corte corrompida. No hay ejemplo de una esterilidad más espantosa, ni jamás ha sido el genio español tan eunuco.

»Los junteros de 1808, los regentes de 1810, los constitucionalistas de 1812, cometieron grandes errores. Iban de equivocación en equivocación, cayendo y levantándose, acometiendo lo imposible, deslumbrados por un ideal, ciegos, sí, pero ciegos de tanto mirar al Sol. Cometieron errores, fueron apasionados, intemperantes, imprudentes, desatentados; pero les movía

---

4   Es el protagonista de la Primera serie. (N. del A.)

una idea; llevaban en su bandera la creación; fueron valientes al afrontar la empresa de reconstruir una desmoronada sociedad entre el fragor de cien batallas; y rodeados de escombros, soñaron la grandeza y hermosura del más acabado edificio. Hasta se puede asegurar que se equivocaron en todo lo que era procedimiento, porque los que discurrían como sabios lo hacían como niños. La especie de tutela a que quisieron sujetar en 1814 al Rey, viajero desde Valencey a Madrid, y el pueril formulismo ideado para hacerle jurar a él, vástago postrero del absolutismo, la precoz Constitución de Cádiz, fueron yerros que debían producir el golpe de Estado del 10 de mayo. Hasta se puede sostener que Fernando estaba en su derecho al hacer lo que hizo; pero nada de esto atenúa las grandes, las inmensas faltas de la monarquía del 14. Fue la ceguera de las cegueras. La crueldad, la gárrula ignorancia de aquella política no tiene ejemplo en Europa. Para buscarle pareja hay que acudir a las atrocidades grotescas del Paraguay, allí donde las dictaduras han sido sainetes sangrientos, y han aparecido en una misma pieza el tirano y el payaso.

»No existe nada más fuera de razón, más inútil, más absurdo, que la reacción de 1814; no sucedió a ningún desenfreno demagógico; no sucedió a la guillotina, porque los doceañistas no la establecieron, ni a la irreligión, porque los doceañistas proclamaron la unidad católica; ni a la persecución de la nobleza, porque los nobles no fueron perseguidos: fue, pues, una brutalidad semejante a los golpes del hado antiguo, sin lógica, sin sentido común. Nada de aquello venía al caso. Si Fernando hubiera cumplido la promesa hecha en el manifiesto del 4 de mayo, si hubiera imitado la sabia conducta de Luis XVIII, que desde la altura de su derecho saludaba el derecho de las naciones; ¡cuán distinta sería hoy nuestra suerte! Sin necesidad de aceptar la Constitución de Cádiz, que era un traje demasiado ancho para nuestra flaqueza, Fernando hubiera podido admitir el principio liberal, inaugurando un gobierno templado y pacífico para la nación y por la nación. Pero nada de esto hizo, sino lo que usted ha descrito, y aquellos seis años fueron nido de revoluciones. El desorden germinó en ellos, como los gusanos en el cuerpo insepulto. Desde 1814 a 1820 hubo en España trece conspiraciones, todas para derrocar el gobierno absoluto, una para esto y para asesinar al Rey. Abortaron las trece, pero la décima cuarta parió... Los liberales se presentaron con la rabia del vencedor y la hiel criada en el destierro. ¿Qué les impulsaba en 1812? La ley. ¿Y en 1820? La venganza. Continuaba el vicio, la corrupción, la crueldad; pero el absolutismo de ustedes había sido tan rematadamente malo, que en los liberales del trienio famoso podía haber crueldad, ambición, rapacidad, venganza, imprudencia y aun dosis no pequeña de tontería... podían aquellos benditos avanzar hasta un grado extremo en la escala de estos defectos, sin temor de llegar nunca, no digo a superar, pero ni siquiera a igualar a sus antecesores.»

Así mismo me lo dijo, y se quedó tan fresco.

XXIII

Pero vamos adelante con mi cuento.

¿Se ha comprendido ya cuál era mi plan en el asunto, o si se quiere, en la hábil intriga cuyo hilo se extendía desde los intereses de la familia de Porreño hasta la paternidad de don Alonso de Grijalva? Creo que no serán necesarias explicaciones prolijas de aquella *operación*, como hoy se dice, hecha sin dificultades mayores y con éxito mejor del que podía esperarse, considerada su delicadeza. Aburrido Grijalva de ver que a pesar de la palabra real, no echaban de las cárceles al tuno de su hijo, admitió las propuestas que mañosamente y por conducto de varones esclarecidísimos y muy discretos le hice, resultando de ellas que me vendió los créditos contra las señoras de Porreño por la mitad de su valor. Anduvo en aquestos tratos el licenciado Lobo, con tan buen pie y mano, que don Alonso, muy rebelde al principio, llenose de miedo y a todo lo que quisimos asintió al fin.

Después me quedaba lo peor y más amargo del caso, cual fue apretar a las señoras de Porreño, para que pagasen, y, quitándoles toda esperanza de moratoria (por la rotunda negativa del sabio y justiciero Consejo), proceder al embargo de bienes. Aquí sí que no fue posible disimular, porque don Gil Carrascosa vendió a las venerandas señoras mi secreto, y un día en que tuve el mal acuerdo de presentarme en la casa recibiéronme como es de suponer. Desde entonces, quitado el último puntal de aquella histórica casa, todo vino con estrépito al suelo, entre alaridos de rabia y sollozos de aflicción. Las señoras de Porreño pasaron a la religión de las sombras. Su última época, solitaria y lúgubre está escrita en otro libro.[5]

Renuncié, como es consiguiente, a su amistad, y me ocupé de aquellas excelentes tierras de Hiendelaencina, de Porreño y Torre Don Jimeno, tan diestramente ganadas con mi talento, con mis ahorros y con el dinero que don Antonio Ugarte me prestara para reunir la cantidad necesaria. Mucho tardé en adjudicármelas, a causa de las dilaciones de la curia; pero al fin constituime en propietario, soñando con establecer un mayorazgo.

Pero retrocedamos a los días de mi anterior relación, que eran los últimos de febrero y primeros de marzo de 1815. La Real Caja de Administración tuvo el honor, nunca por ella soñado, de caer en mis manos. ¡Bendito sea Dios Todopoderoso y Misericordioso, que arregla las cosas de modo que ningún desvalido quede sin amparo! Dígolo por aquellos miserables y huérfanos juros que hasta mi elevación no tuvieron arte ni parte en ninguna operación rentística. Los pobrecitos no soñaban sin duda que toparían conmigo ni con la destreza de estas limpias manos, y a poco de mi entrada en la Caja engordaron hasta el punto de que no los conocía el pícaro secretario de Hacienda que los inventó.

¡Qué satisfechos quedaron de mis servicios el noble duque, y don Antonio Ugarte! ¡Qué elogios hacían de mi impetuosa voluntad, la cual derechamente se iba al asunto sin reparar en pelillos! Yo también estaba envanecido de mí mismo, y entonces empecé a conocer lo mucho que para tales asuntos valía. Yo era una firme columna del Estado; yo desplegaba en servicio de mi Soberano absoluto y del sumiso reino, tendido a sus pies como un perro enfermo y calenturiento que no puede moverse de pura miseria, las más altas calidades intelectuales. Indudablemente Dios debía de estar satisfecho de haberme criado, viéndome tan hormiguilla, tan allegador, tan mete-y-saca, tan buen amparador de los poderosos para que los poderosos me amparasen a mí. ¡Qué minita era aquella sacrosanta Administración! ¡Qué terrenos inexplorados! En tal materia yo, era más que Colón, porque este descubrió solo un mundo y yo descubría todos los días uno nuevo.

No hay que decir que yo navegaba a toda vela, como diría mi amigo el Infante, hacia el Real Consejo. Todo marchaba a pedir de boca en derredor

---

5   En *La Fontana de Oro*. (N. del A.)

mío. ¿Y qué diré de aquel seráfico ministro de Hacienda, don Felipe González Vallejo? Hombre de mejor pasta no se ha sentado en poltrona. El pobrecito era tan buenazo, tan sano de corazón, tan amable y complaciente, que todos los negocios pequeños, como nombramientos y demás menudencias, estaban en manos de Artieda y del señor Chamorro. De los grandes se encargaba don Antonio Ugarte. Dios se lo pague a aquel bendito ministro, que no tenía gota de hiel en su corazón, ni humos de vanidad en su cabeza. Parecía que no había tal ministro. Si todos los que han ocupado el sillón hubieran sido como él, otra sería la suerte de este desamparado y caído reino.

En asuntos que no eran administrativos, iban mis cosas medianamente. Antes de lo referido últimamente, yo veía a Presentacioncita todos los días en casa de las señoras de Porreño; pero cuando estas descubrieron la sutil urdimbre que mi travesura les preparara, concluyeron para mí las entradas en la casa de la calle del Sacramento. Asistió Presentacioncita a la ruidosa escena en que doña Paz y doña Salomé me notificaron con encrespadas razones, no menos sonantes que las olas del mar, su soberano desprecio, lo cual me causó pena, porque no era muy de mi gusto pasar por un intrigante de mal género a los ojos de la dulce niña de la condesa. Pocos días habían pasado después de la escena en la Cámara regia que antes describí. Robáronme algún tiempo los amigos que de Vitoria y la Puebla de Arganzón vinieron a solicitar mi ayuda para distintas pretensiones, entre ellos el venerable patriarca don Miguel de Baraona, con su encantadora nieta (próxima a ser esposa de un joven guerrillero), don Blas Arriaga, capellán de las monjas de Santa Brígida de Vitoria, y otros que más adelante serán conocidos; pero luego que me dieron algún respiro, consagreme en cuerpo y alma a la adorable Presentacioncita, en virtud de proyectos más o menos dulces, recientemente concebidos; que en materia de proyectos, mi cabeza no conocía el descanso, ni mi impetuosa voluntad el hastío.

Contra lo que yo esperaba, la señora condesa de Rumblar no me cerró las puertas de su casa, ni aun decoró su estatuario semblante, cual solía, con el grandioso ceño, y los agridulces mohínes propios de tan alta señora. Verdad es que yo, además de entregarle la bandolera para su hijo, haciéndole comprender que sin mí nada le habría valido la recomendación de

Ximénez de Azofra, le había prometido mi eficaz amparo en el pleito que desde 1811 sostenía contra los Leivas. Tampoco Presentacioncita se mostró ceñuda, a pesar de su adhesión a la familia de Porreño; pero no lo extrañé, porque siendo yo el libertador de Gasparito, bien merecía perdón; y el novio suelto no debía valer menos que las amigas arruinadas.

Todo mi afán consistía en disponer de lugar y hora a propósito para hablarle largamente a solas, apretándome a ello el deseo de comunicarle cosas de la mayor importancia. Sin esperanza de que me concediera tal gracia, pero decidido a todo, propúsele la conferencia, y ¿cuál sería mi sorpresa al ver que aceptaba y que bondadosamente prometía señalar sitio y momento oportuno, de tal suerte que la vigilancia materna no nos estorbase? Yo estaba absorto: indudablemente habíase verificado en su carácter cierta mudanza radical, porque la dichosa niña ponía en todos sus actos y palabras mucha seriedad, cesando de mortificarme con las burlas y epigramas de antaño.

Discurrió ella el modo de que a solas la hablase, y fue por un arte ingenioso, tomando el traje de cierta muchacha que entonces la servía, y poniéndose de noche a una reja, donde la doncella acostumbraba conferenciar con cierto dragón de Farnesio.

No se me olvidará jamás aquella noche en que tuve la dicha de respirar el dulce aliento de la adorable niña, tan de cerca, que el calor de su rostro aumentaba el del mío, mareándome. ¡Y cómo brillaban sus negras pupilas en la oscuridad! Cada vez que aquel vivo rayo diminuto surcaba el espacio comprendido entre nuestros semblantes, yo me ponía trémulo. ¡Qué linda, qué seductora estaba aquella noche! Su agraciado rostro se magnificaba con la melancólica seriedad en que le envolvía como en un velo misterioso. Estaba descolorida, desvelada, y así como no había frescos colores en su rostro, tampoco había en su alma aquella plácida felicidad risueña que en época anterior irradiaba de ella, como del astro la luz, haciendo felices también a cuantos la rodeaban. Pálida y meditabunda ahora, parecía ocupada de pensamientos extraños.

Yo también lo estaba... ¡ay!, yo estaba intranquilo, demente; yo no dormía, yo no tenía paz en el corazón, porque me agitaba un ansioso afán, un proyecto de inmensa gravedad que absorbía las potencias todas de mi alma incansable e insaciable.

XXIV

Llegó al fin la hora de la cita.

—¡Qué miedo tengo señor de Pipaón! —dijo cuando cambiamos los primeros saludos—, ¡qué miedo tengo, a pesar de las precauciones tomadas! No es fácil que mamá ni mi hermano me descubran; pero sí Gaspar, que por las noches ronda la casa, no contento con vigilarme de día, imponiéndome su voluntad hasta en los actos más insignificantes...

Después de tranquilizarla sobre este particular, le dije:

—Encantadora niña, ¡cuán mal sienta a esa incomparable persona, digna de un Emperador, afanarse por un mozalbete sin fundamento, como Gasparito Grijalva! Mal empleados ojos puestos en él, mal empleada boca hablándole, y mal empleado corazón amándole. Presentancioncita, usted no se ha mirado al espejo, usted no conoce su mérito, usted no ha sabido apreciar el inmenso valor de su propia persona, la cual es de tanta valía, que casi casi no conozco ningún hombre digno de poseerla.

—¡Qué adulador es usted! —replicó sonriendo vagamente—. ¿Es eso lo que tenía que decirme?

—Por ahí empiezo, niña mía; empiezo por pasmarme de que quiera usted al hijo de don Alonso, habiendo en el mundo tanto bueno...

—Puesto que he venido aquí a hablar a usted con franqueza —dijo interrumpiéndome— no le ocultaré que Gasparito no me interesa ya gran cosa.

—¡Oh, confesión admirable! —exclamé con gozo—. Mire usted... Me lo figuraba. Si no podía ser de otra manera. Si esos ojos fueran nacidos para mirar a Gasparito, merecerían cegar. Digan lo que quieran, no se hizo el Sol para los insectos.

—Yo no sé lo que ha pasado en mí —prosiguió—, pero de la mañana a la noche se me ha concluido la afición que a Gasparito tenía. Esto parece raro, pero no lo es, porque a muchas ha ocurrido lo mismo.

—Es que algunas chiquillas toman por amor lo que no lo es; y cuando viene la pasión verdadera, se asombran de haber derramado aquellas primeras frías lagrimitas por un objeto indigno.

—Yo creí estar apasionada de Gaspar ¡cosas de chiquillas! Cuando una juega con sus muñecas cree amarlas mucho, y después se ríe de ellas.

—¡Admirable idea!... Gasparito es una muñeca, y para usted acabó de repente la época de los juegos.

—Confieso que en un tiempo le quise...

—¡Ah, en un tiempo!... Luego...

—Gaspar es un muchachuelo vulgar, un joven adocenado —dijo expresándose con cierto desdén—. ¡Parece mentira que yo le amara!... ¡Qué grande error!

—¡Enorme error!... pero en fin, nada se ha perdido. Ahora bien: ¿puedo saber desde cuándo?...

—¿Desde cuándo? —repitió en un tono que revelaba sin género de duda cortedad de genio.

—Pero no me lo confiese usted, niña —dije con viveza—. A ver si lo adivino yo. ¿Apostamos a que lo adivino?

—¿Apostamos a que no?

—¡Ay! Presentacioncita, yo no carezco de perspicacia. Desde aquella noche en que salimos de casa y tuvimos la malhadada aventura de la calle del Bastero, y aquel descomunal susto, cuando me vi precisado a hacer uso de las armas...

—Que se quema, que se quema usted.

—Sí, desde aquella noche, desde aquel encuentro con dos caballeros desconocidos, cuando usted perdió el sentido y... ¿acierto, mi señora doña Presentacioncita? ¿Sí o no?

—Sí —repuso con voz que apenas se oía, más semejante a un suspiro que a una voz.

Alzando los ojos contemplaba el cielo con tristeza.

—Pues bien —añadí lleno de entusiasmo—, los pensamientos de usted se avienen perfectamente con lo que yo tenía que decirle. Nos entendemos. ¡Benditos corazones los nuestros que así concuerdan, respondiendo el uno a los afanes del otro!

—Yo soy muy desgraciada, don Juan —me dijo—. ¿No conviene usted en que soy muy desgraciada?

—Según y cómo —respondí—, según y cómo. Puede usted ser muy desgraciada, pero muy desgraciada, y puede ser feliz, muy feliz, felicísima.

—Lo primero es lo cierto.

—¡Ah, si usted supiera, si yo dijera aquí todo lo que sé!, ¡oh, arcángel enviado por Dios a la tierra para consuelo de los tristes mortales!... Pero vamos por partes. ¿Se acuerda usted de la función de los Trinitarios y de la recepción de Su Majestad en la sala capitular del convento?

—¡Que si me acuerdo! —exclamó, cubriendo el rostro con sus manos y descubriéndolo después más pálido, más bello, más interesante—. Ya que se ha establecido entre nosotros cierta confianza, ya que he hecho ciertas revelaciones que me han costado mucho, no ocultaré nada, respetable amigo mío... Aquel día la presencia de Su Majestad y el reconocer en sus nobles facciones las mismas del generoso caballero que me había amparado la noche anterior, produjeron general trastorno en mi alma. Sentí primero una especie de terror. Yo no había visto nunca a Su Majestad. La idea de haber estado tan cerca, de haber estado en los mismos augustos brazos del Rey, de aquel gloriosísimo monarca, de aquel hombre que casi no lo es, por su superioridad sobre los demás, me conturbaba y confundía de tal manera, que no era dueña de mí misma. Durante todo el día estuve atónita, paralizada, estupefacta. Parecíame que resonaba su voz en mis oídos constantemente, y que no se apartaban de mí aquellos negros ojos majestuosos, a los de ningún hombre parecidos.

—¡Admirable concordia de sentimientos! —exclamé interrumpiéndola—. ¿Pero es usted una mujer o un serafín?

—Aquella noche no pude dormir. Estaba fascinada y no sabía apartarme del retrato del Rey que mamá tiene en su cuarto haciendo juego con la estampa del señor San José. En los siguientes días traté de vencer la irresistible atracción que me llevaba violentísimamente a recrear mi espíritu con los recuerdos de aquella noche y aquel día. Pero ¡ay!, mi señor don Juan. La noble, la gallarda, la incomparable imagen no se podía apartar de mi imaginación. Cuando oía leer la *Gaceta* y pronunciaban delante de mí el nombre del Rey; cuando Ostolaza le nombraba en la tertulia para encomiarle hasta las nubes por sus buenas acciones, mi rostro se encendía, parecía que iban a estallar mis venas todas y a romperse en mil pedazos mi corazón.

—¡Oh!, lo creo, lo creo —dije con calor—. Su Majestad cautiva de ese modo el ánimo de cuantos le miran. ¡Qué gallardía en su personal, ¡qué nobleza y grave hermosura en su semblante!, ¡qué caballerosidad e hidalguía en sus modales!, ¡qué dulce música en su voz! No existe otro más seductor en el conjunto de los hombres... ¿Pues qué diré de sus elevados pensamientos, de aquella bondad de corazón, de aquella inteligencia suprema, para la cual no hay en el arte del gobierno oscuridades ni enigmas? ¿Qué diré de su espíritu de justicia, del gran amor que profesa a sus vasallos, de su religiosidad supina, de todas las admirables prendas de su alma, las cuales son tantas, que parece mentira haya puesto Dios en una sola pieza tal número de perfecciones? Usted le tratará más de cerca, usted le oirá, usted podrá conocer por sí misma que las cualidades de ese angélico ser a quien Dios ha puesto al frente de la infeliz España exceden con mucho a sus altas perfecciones físicas.

—La nariz es un poco grande —dijo Presentacioncita con una salida de tono que me hizo estremecer—, pero no por eso deja de ser admirable el conjunto del rostro.

—¡La nariz grande! Así la tuvieron Trajano, Federico el Grande, así eran también la de Cicerón, la de Ovidio y tantos otros hombres eminentes... Pero esto no hace al caso. Lo que importa es que sepa usted los sentimientos que ha despertado en aquel noble y generoso corazón, no ocupado enteramente del amor a la patria y al sabio gobierno absoluto. ¡Oh, mujer feliz entre las mujeres felices! —añadí con mucho calor—. ¡Oh, flor escogida entre las flores escogidas! ¡Oh, virgen superior a todas las vírgenes!, puede usted vanagloriarse de ser la primera que ha encendido una llama ardiente, pura, una llama...

Presentacioncita se cubrió de nuevo el rostro con las manos. Entonces pasó por mi mente las sospechas de que fuese yo en aquel momento víctima de un bromazo tremendo. ¿Pero cómo era posible que el fingimiento de la muchacha fuese tan magistral? No, ninguna actriz de la tierra, aunque se llamase María Ladvenant o Rita Luna, era capaz de simular los sentimientos con tal perfección, desfigurando el rostro, estudiando las palabras, midiendo las actitudes, sin que ni un solo momento se descuidase y revelara el pérfido artificio.

Observé a Presentacioncita con atención profunda, y cuanto más la miraba, más me confirmaba en mi creencia de que cuanto veía y oía era la realidad incontrovertible de una pasión verdadera. Mis últimas zozobras se disiparon, cuando la vi alzar la frente y me mostró su rostro bañado en lágrimas, de verdaderas lágrimas de ternura y dolor. ¡Oh, estaba preciosa! Entre ahogados sollozos exclamó:

—señor don Juan, ¡por amor de Dios!, no me diga usted eso, no me lo diga usted. Es una falta de caridad jugar así con el corazón de esta desgraciada.

Sus dulces lágrimas humedecieron mi mano. ¡Qué lástima que aquel rocío celeste no fuera para mí! Me avergoncé de haber dudado un solo instante.

—¿No me cree usted? —dije—. Pues muy fácilmente puede convencerse de mi veracidad. Yo le proporcionaré ocasión de que oiga usted misma de los labios...

—¡Oh!, eso no puede ser... —afirmó con dignidad.

—No propongo nada contrario al honor —añadí—. Su Majestad creo que daría la mitad de su corona por poder manifestar a usted los sentimientos que le ha inspirado. Yo tengo el honor de ser amigo de Su Majestad, y me ha confiado este deseo de su corazón... ¿A qué conduce el negarle tan dulce y legítimo consuelo, cuando él, por la misma sublimidad de su amor, no aspira a nada que arroje sombra de mancilla sobre la adorada persona de usted?

—¡Oh, qué disparates! —dijo con miedo—. No, esto no puede pasar de aquí. Ni mi humilde condición con respecto a la suya me permite acercarme a él con legítimo fin, ni mi honra me lo consiente de otro modo. Es este un problema que no puede resolverse. No lo resolverá Su Majestad con todo su poder, ni me deslumbrará el esplendor de su corona hasta cegarme los ojos con que miro mi deber, la reputación de mi nombre y mi casa. ¡Jamás! Oiga usted bien lo que digo. Jamás consentiré en ver ni hablar a esa alta persona. Si he confesado lo que usted acaba de oír, lo he hecho porque mi corazón necesitaba esta noble, esta leal expansión con un cariñoso amigo que no puede venderme.

—Pero él...

—Ni una sola palabra más sobre este asunto. ¡Qué necia he sido! ¿Por qué no se me abrasó la lengua? Antes moriré cien veces que consentir en ser recibida por su amigo de usted o en aceptar su visita. ¡Miserable de mí! Me daría yo misma con mis propias manos la muerte, si me viese cogida en una inicua celada por los cortesanos y aduladores de Su Majestad.

—¿Usted ha podido creer que yo?... —dije muy confundido.

—¿Por qué lo he de negar? Creo que a pesar de su honradez, el deseo de servir a su señor le impulsa a abusar de mi confianza, de mi debilidad, de esta franqueza quizás culpable con que le he hablado... ¡Oh Dios mío!, ¡cuán desgraciada soy!, ¡cuán desgraciada!

—Señora, yo juro que nada he pensado contrario al honor de usted y de su hidalga familia. Pero no negaré que he creído posible y hasta conveniente para la tranquilidad del mejor de los hombres y del más virtuoso de los reyes, el preparar una entrevista amistosa...

—¡Por Dios!, ¡por todos los santos! —exclamó con acento dolorido—. Usted ha tramado perderme; usted no es ni puede ser un hombre leal. Pipaón, se acabó, ni una palabra más; retírese usted. ¡Al momento, al momento!

—Calma, calma. Lo decidiremos despacio y sin reñir, ni llamarme desleal.

—¿Qué quiere usted decir con entrevistas amistosas?

—Una conferencia de amigos, una explicación...

Quedose meditabunda largo rato, y yo pendiente de su contestación, con el alma en los oídos.

—Bien, lo pensaré. Deme usted esta noche para pensarlo.

—¿Y mañana recibiré la contestación?

—Sí, mañana en este mismo sitio y a la misma hora.

Cuando esto decía, sentí un rumor extraño en el interior de la casa.

—Mi hermano viene —dijo con zozobra—. Retírese usted al momento, al momento, y apriete usted el paso. ¡Oh! Ha sido una suerte que Gasparito esté malo y no pueda salir de noche.

—Dios le conserve el mal... Conque hasta mañana, ¿eh? Adiós, niña mía.

Cerró la reja y me retiré a mi casa. Yo también necesitaba meditar.

XXV

Al día siguiente oí a doña María quejarse de la profunda distracción de Presentacioncita, de sus nerviosidades y palideces, del trastorno muy visible que en sus maneras y lenguaje se había verificado, lo que acabó de confirmar mi creencia respecto a la veracidad de la niña en las confianzas que me hiciera. Llegada la noche, acudí a la segunda cita y pareciome que se habían agravado en la hermosa muchacha los síntomas de exaltada y febril pasión.

—¡Cuánto ha tardado usted, don Juan! —me dijo reconviniéndome.

—He venido a la hora marcada, incomparable niña —repuse—. Si usted se ha anticipado, no me acuse de tardío. Y ¿qué tal? ¿Se ha meditado mucho? ¿Cómo está esa preciosa cabeza? ¿Se ha serenado, se ha aclarado ese entendimiento?

—He pensado mucho en ello, señor don Juan —exclamó con abatimiento—, y mi mal no tiene remedio.

—¡Que no tiene remedio! Eso lo veremos más adelante. Pero por de pronto, dígame usted su parecer acerca de la entrevista amistosa.

Contestome con hondo suspiro.

—La entrevista amistosa serviría tan solo para aumentar mi desgracia. Déjeme usted, Pipaón, déjeme usted ni su amistad me sirve de nada ni quizás la merezco tampoco... Me moriré sola.

—Seamos razonables, adorada niña —dije alargando una mano por entre los hierros de la reja—. Aquella persona a quien he dado esperanzas de obtener algunos castos favores, está loca de alegría. Hoy no ha habido despacho, y España y sus Indias andarán desgobernadas, mientras aquel desatentado corazón no se tranquilice.

—¿Y si yo consintiera en la entrevista? —preguntó con afán.

—Entonces pronto se conocería en el risueño aspecto del reino y en la marcha rapidísima de los expedientes, que el trono había recobrado su asiento.

—¿Pues qué —preguntó con incertidumbre—, el trono es capaz de desquiciarse por mí?

—Presentacioncita, es máxima de la antigüedad, que los reyes contrariados en sus amores no gobiernan bien a los pueblos.

—¡Ay! Pipaón, cada vez me inspira usted menos confianza —dijo ella—. Se me figura que mientras yo manifiesto mis sentimientos más escondidos con tanta sinceridad y tanta nobleza, usted fingiendo interés por mí, trata de engañarme, de perderme alevosamente, por servir a un caprichoso amigo.

—¡Yo falso, yo alevoso, yo traidor! —exclamé con mucho brío—. Dar tales nombres a quien es la lealtad en persona... A quien daría gustoso su vida por el prójimo, por usted, Presentacioncita de mi alma. Por Dios, no me estime usted en menos de lo que valgo.

—No; usted no es sincero; usted oculta mucho sus pensamientos —dijo en tonillo quejumbroso—. Lo que ha hecho usted con las señoras de Porreño, mis queridas amigas, prueba su mucho arte para el disimulo.

—¿Pues qué he hecho yo con esas dignas señoras? —interrogué, maldiciendo interiormente aquel pícaro sesgo que había tomado nuestro coloquio.

—¡Y lo pregunta!... usted las entretuvo con promesas, mientras consumaba su ruina; usted compró los créditos de don Alonso de Grijalva con la libertad de Gasparito, y después...

—Basta, basta —exclamé con indignación—. Esos hechos no pueden juzgarse en dos palabras. Si yo diera a usted explicaciones, ¡cuán distinta sería su opinión acerca de esas supuestas maldades!

—No, si no digo yo que sean maldades. El hombre debe mirar por sí antes que por los demás. Nada malo hay en procurar uno su propio bien, aunque sea a costa ajena. Lo que digo es que usted sabe fingir muy bien; lo que digo es que usted me está engañando.

—¡Oh! Santa Virgen de los Dolores, Señora y patrona mía. ¿Cómo convenceré a esta pícara de mi sinceridad, de mi buena fe? —dije con vehemencia—. Yo juro que nada he pensado que pueda ser contrario a la perfecta felicidad de usted, a su virtud esclarecida, al interés de su noble familia.

Y era verdad lo que pensaba. ¿Qué hacía yo sino proporcionar a la abatida familia de Rumblar fabulosos adelantamientos y repentina prosperidad? Interesado vivamente por el bien del reino en general y de cada español en particular, yo me constituía en protector de una familia, harto necesitada de una buena mano que la ayudase a salir del atolladero de sus deudas y del pantano de sus inacabables pleitos.

—Y si no cree usted mis palabras —exclamé resueltamente—, a los hechos me atengo. Ya he ofrecido a usted el medio de cerciorarse por sí misma, y no digo más.

—Acepto —dijo con viva energía, golpeando con el puño el antepecho de la ventanilla—. Acepto la entrevista amistosa. ¡Que Dios tenga piedad de mí!

—¡Oh, mujer feliz entre todas las mujeres felices de la tierra! En vuestra grandeza, señora mía, no olvidéis de hacer algo por este humilde servidor de Vuestra Majestad.

Al decir esto, me descubrí respetuosamente ante ella. Presentacioncita rompió a reír con vanidosa expresión.

—¡Yo Majestad! —exclamó—. Vamos, que pierdo el tino; ¡que lo pierdo sin remedio!

—Otras cosas hay más imposibles.

—No desvariemos, Pipaón. Sería locura pensar que he de salir de mi estado y condición actual. ¡Jesús!...

—Monaguillo te vean mis ojos, que obispo...

—No, no hay que pensar en tales imposibilidades... posibles, pero que yo rechazo desde ahora. Lo que digo es que si por acaso me levantase yo dos dedos más arriba de donde estoy ahora, emplearía mi valimiento en hacer todo el bien posible.

—¡Admirable corazón!... —dije con fingido entusiasmo—. Permítame usted señora, que salude en usted al iris de paz de la hispana monarquía. ¡Oh, señora!, ¡oh, excelsa joven!, ¡cuánto siento no estar en sitio donde pueda prosternarme!...

—¡Se va usted a poner de rodillas! —dijo riendo—. No tanto, señor don Juan. Solo decía que en caso de tener algún poder...

—¡Algún poder!... Inmenso poderío tendrá usted... ¡Oh, señora, no se olvide usted de los desgraciados, de los menesterosos, de los pobrecitos!, ¡ay!, de los pobrecitos huérfanos sobre todo.

—Sobre todo de los infelices que gimen en las cárceles y en los presidios por opiniones políticas.

—También, también, ¿por qué no? Apiádese usted de todo bicho viviente.

—Nada me contrista tanto —añadió con gravedad— como oír hablar de esas crueles comisiones militares, de esas persecuciones horrendas. ¡Oh! ¡Qué dulce será conseguir el perdón de los desgraciados para quienes se ha levantado la horca! ¡Qué inefable dicha correr en busca de la afligida madre, de la esposa, de la inocente hija, para decirles: «por intercesión mía tenéis padre, tenéis marido, tenéis hijo»! ¡Abrir las puertas de la patria a los proscriptos, arrancar la vil soga de manos del verdugo, aplacar la ira de los furibundos jueces, derramar el bálsamo de la caridad en el irritado y endurecido corazón del mejor de los reyes!... ¡Oh, qué hermoso papel! ¡Dios mío, mátame, o déjame hacer ese papel!

A esta exaltación sublime siguió en la sensible muchacha un abatimiento profundo. Yo la contemplaba, diciendo para mí:

—Tan atroz es su pasión, que poco le falta para estar rematadamente loca.

—¡Qué sueños! —murmuró de un modo patético pasando la mano por su abrasada frente—. ¡Qué disparates he dicho, Pipaón!... Pero mi desvarío es disculpable, ¿no es verdad? ¿Quién no pierde la vista hallándose tan cerca del Sol?, ¿quién al sentir en su rostro el calor que irradia aquel centro de luz y de poder, de grandeza y munificencia, no se trastorna y marea?... Yo no sé lo que pienso, yo estoy absorta. Me parece que estoy amando a una sombra regia, a una figura magnífica y arrebatadora que para seducirme ha brotado de las estampas de un libro de historia. ¡Son tan altos los reyes! Feliz el gusano miserable que cae bajo su augusto pie. Honran hasta aquello que aplastan... Mi destino está ya decidido. No puedo contenerme —añadió con brío—. Adelante; Dios estará conmigo, puesto que está con él, como decía *la Atalaya*. ¿No es el hijo predilecto de Dios? ¿No le ha puesto Dios en el trono? ¿No emanan sus acciones todas de inspiración divina? ¿No están de antemano aprobados todos sus actos por el eterno padre? Adelante. Cúmplase mi destino y la voluntad de Dios.

No era ocasión de perder el tiempo en vanas retóricas. Deseando concluir, le dije:

—Su Majestad va casi todas las tardes a la Casa de Campo.

—¿Al otro lado del Manzanares?... No he estado nunca allí —repuso en tono pueril—. Dicen que es muy bonito. Hay jardines preciosos y un lago... todo de agua.

—Todo de agua, exactamente. Es un lugar delicioso. Iremos allá los dos.

—Bueno. Pasearemos primero por entre los árboles.

—Y nos embarcaremos en los botes del lago.

—¡Oh! ¡En los botes del lago! ¡Qué delicia! Pero ¡ay! —exclamó con pena—, ocurre una dificultad grande.

—¿Cuál?

—Gasparito...

—Al diantre con Gasparito.

—No es esa la principal dificultad. Por la mañana le encargaré una comisión cualquiera, y cuando venga a darme la respuesta, ya habré salido yo.

—¡Admirable idea!

—Pero mamá no me dejará salir sola de casa. Forzosamente me ha de acompañar mi hermano.

—¡El señor don Diego! —exclamé meditabundo, considerando que el heredero de aquella noble casa no pecaba de sabio.

—No puede ser de otra manera. Mi hermano ha de ir conmigo, pero bien sabe usted que aunque se ha corregido mucho, es bastante aturdido —dijo con malicia.

—Me ocurre una idea —repuse, encontrando solución a aquella contrariedad—. No importa que el señor don Diego nos acompañe hasta la posesión regia. Entraremos los tres: nos pasearemos por espacio de una hora u hora y media; luego se le hace salir con cualquier pretexto.

—Y volverá a entrar.

—No; de que no vuelva a entrar me encargo yo.

—¡Cómo resuelve usted todas las dificultades!... Por mi parte yo procuraré catequizar desde esta noche a mi señor hermano, que ahora está muy fino y complaciente conmigo. Le diré que usted nos ha convidado para pasear por la Casa de Campo sin que lo sepa mamá; que usted conoce al administrador, el cual nos permitirá divertirnos mucho, correr por todos lados, hacer lo que queramos, como si la posesión fuese nuestra.

—Y cazar y pescar. Prométale usted lo que quiera. Haremos locuras para que nadie sospeche. Cuando llegue la ocasión en que su presencia nos estorbe, usted dirá que se le ha olvidado cualquier cosa, que desea una fruslería, por ejemplo...

—Caramelos.

—No hay tal cosa por aquellos alrededores; pero se pueden pedir...

—Anises.

—En los puestos del río los hay. Usted manda a su hermano que le traiga anises, ¿eh? Él sale...

—Y no vuelve a entrar...

—Es usted el mismo demonio. En fin, estoy decidida. Que no me abandone Dios es lo que deseo.

Después estremeciéndose de súbito, lanzó un suspiro y con voz conmovida me dijo:

—¡Qué paso tan arriesgado voy a dar, y qué falta tan enorme voy a cometer!... Aunque ningún pensamiento impuro me arrastra, yo sé que esto es una falta, una culpa que Dios no me perdonará... ¡no, Pipaón, no me la perdonará Dios!

—¡Oh!, siempre fue escrupulosa la inocencia —exclamé con zalamería—. ¡Angelical criatura! Si a mí me fuera concedida una mínima parte de la celestial gracia de usted... ¡Pecado, culpabilidad, impureza! ¿A qué pronunciar estas palabras quien por su condición seráfica está libre del contacto del mal? Écheme usted la bendición y me creeré bueno.

Lejos de calmarse con mis afectadas razones, afligiose más. Vi que rodaban por sus mejillas abundantes lágrimas y que cruzando las manos, alzaba al cielo los ojos.

—¡Dios mío, perdóname!... ¡Madre mía, familia mía, abuelos y ascendientes míos, perdonadme! —murmuró sordamente.

Satisfecho yo también de la madurez de su pasión, le dije mil cosillas consoladoras, estrechando sus manos entre las mías. Ella inclinó la frente, y sentí el vivo calor de ella, así como la humedad de su llanto en mi mano.

—Pipaón —dijo con ansiedad—, júreme usted que no dirá esto a nadie; que todo quedará en profundo misterio; júreme usted que no me despreciará si por acaso... Júreme usted que sus propósitos son buenos, sus intenciones leales...

Yo juré cuanto ella quiso que jurase.

—Es tarde —dije al fin—. Retirémonos. Júreme usted que no faltará mañana a la cita.

—¿Lo duda usted? A las dos, ¿no es eso?

—A las dos. ¡Ay!, ¡qué doloroso, qué horrible es desear y temer al mismo tiempo!

—Esperaré en la Cuesta de la Vega con un coche simón, téngalo usted presente, con un coche simón.

—Iré con mi hermano.

—Solo con su hermano.

—No hay que hablar más. Adiós. Hasta mañana.

XXVI

En la mañana del siguiente día no dejé de visitar a don S... S..., uno de los funcionarios más respetables, más insignes de aquella preclara monarquía. Desempeñaba el cargo dificilísimo de administrador de la Casa de Campo tan a gusto de Su Majestad, que no le cambiara éste por uno de sus mejores ministros. No le nombraré más que por sus iniciales, con cuya delicada reserva evitaré que salgan ahora a reclamar la gloria de su descendencia algunos de esos holgazanes que faltos de virtudes propias, se gallardean y ufanan con las de sus mayores. Don S... S... No había salido de ninguna Universidad, sino de las cocinas de palacio, en cuyas humildes aulas consiguió prestar al entonces príncipe de Asturias repetidos servicios, denunciándole supuestos envenenamientos en algunos platos. Por estos escalones llegó don S... S... A subir tan alto, que después de 1814 era hombre que no se cambiaría por Pedro Collado ni por el duque de Alagón.

Desempeñaba sus funciones este sujeto con solicitud admirable. Se le veía en todos los sitios públicos, y con frecuencia en el interior de los teatros, donde nunca faltaba alguna cómica o bailarina a quien tuviese que dar un recadillo. Había que verle en la Casa de Campo a ciertas horas y en ciertos días, dando pruebas de tan consumada prudencia y discreción y talento que no se podía pedir más. Yo me honraba con su amistad, y cuando le anuncié mi visita a la Real posesión acompañado de una madamita, alegrose en extremo, y se extendió en largas disertaciones acerca de las dificultades de su cargo, prometiéndome al fin que nos recibiría espléndidamente. Eso sí: a obsequioso y amable le ganaban pocos.

....

A las dos de la tarde estaba ya en la Cuesta de la Vega, muy acicalado y vestido con las finísimas ropas que por aquellos días me había hecho y a poco se me apareció Presentacioncita. ¡Válgame Dios, qué linda estaba! A sus encantos naturales, duplicados por la dulce emoción que teñía de suave rosicler su rostro, unía el más elegante y gracioso atavío que la fecunda inventiva de una mujer enamorada puede idear. ¡Cómo lucían aquellos incendiarios ojos, que a cada movimiento de sus pupilas dejaban entrever llamaradas del cielo! ¡Qué sonrisa tan deliciosa la de sus rojos labios!, ¡qué gracia en el abanico!, ¡qué caídas las de la mantilla!, ¡qué deslumbradora claridad, qué irradiación de hermosura desde la peineta hasta las puntas de los diminutos pies! Yo estaba trastornado de admiración.

Acompañábala don Diego, no tan risueño y aturdido como de costumbre, sino por el contrario con ciertas pretensiones de gravedad que no me hicieron gracia... ¿Sospecharía? Yo le hablé de la gira campestre que íbamos a emprender, de lo mucho que nos divertiríamos en la regia posesión, y añadí que lo mejor hubiera sido decir claramente a la señora condesa el empleo higiénico que íbamos a dar al día.

—Entonces no nos hubiera dejado venir —repuso, entrando en el simón—. Más vale así.

—Aprisa, aprisa —dijo Presentación con impaciencia—. A ese cochero que eche a andar y que no pare hasta la Casa de Campo. Temo que Gasparito descubra a dónde vamos. Desde esta mañana anda rondando la casa.

El coche partió. Don Diego recobraba poco a poco su habitual volubilidad y me hacía mil preguntas diversas relativas a la pesca del lago, a la caza de Cantarranas, a las embarcaciones de los infantes y otras menudencias. Doña Presentacioncita no hablaba nada. Yo no cesaba de contemplarla. ¡Qué expresión tan extraña tenían su rostro y sus ojos no menos picarescos que apasionados! Sin duda había en toda ella la expresión, el aire, el indefinible aspecto del justo que se dispone a ser pecador.

En medio de la confianza que me inspiraba la niña, tenía yo cierta sospecha vaga, que aun después de verme en el camino del triunfo, se removía vagamente en el fondo de mi espíritu. A cada instante creía que la encantadora muchacha iba a escaparse de mis manos, dejándome burlado... Pero cuando entramos en los jardines disipáronse mis últimas inquietudes.

—Aquí dentro —dije para mí, inundado de secreto gozo— no te me escapas. ¡Victoria completa! Ahora, ángel celeste, aunque te arrepintieras no tendrías salvación.

Yo estaba como el general que acaba de ganar una batalla.

Abandonando el coche, avanzamos por las hermosas alamedas de aquel ameno sitio. Don Diego, despabilándose con la hermosura de lo que veía, charlaba por los tres. No había acabado de entrar y ya quería cazar todas las aves, pescar todos los peces y modificar a su antojo la posesión. Tal alameda no debía estar como la plantaron sus fundadores, sino de otra manera: tales árboles debían ser arrancados y sustituidos por otros: en determinado sitio debía construirse un edificio, un pabellón... En fin, para aquel impetuoso joven nada debía ser como era.

Presentacioncita se extasiaba en la contemplación del hermoso lago, que es principal adorno y riqueza de la hermosa finca. Después de observar largo rato el risueño espectáculo que ofrece la enorme masa de agua rodeada de amena verdura y corpulentos árboles, me dijo:

—Paseemos un poquito por el charco.

—Voy un instante a ver al administrador —le dije en voz baja, mientras don Diego se dirigía a los botes—. Pronto vuelvo: no se olvide usted de los anises.

—¿Nos dejarán embarcar, Pipaón? —me preguntó el conde.

—Voy a pedir licencia.

En cuatro palabras me puse de acuerdo con el respetable don S... S... Acerca de los medios de plantar en la calle el estorbo que por necesidad habíamos traído. El conde saldría; pero antes que a entrar volviera se convertirían en anises todas las piedras del cercano río.

Un momento después era desamarrado uno de los botes, y ocupándole don Diego que empuñaba resueltamente los remos, después de describir varias curvas se acercó mansamente a la orilla.

—Entren ustedes... Presentación, adentro. Señor don Juan, salte usted.

Saltamos adentro y tomamos asiento en los bancos del bote. Era la primera vez en mi vida que yo me embarcaba.

—¿Saben ustedes —dije a los dos jóvenes cuando habíamos avanzado como cinco varas por el agua—, que este suave movimiento no me agrada? Se me va la cabeza.

—¡Se le va la cabeza! —dijo Presentación—. ¡Qué será de la monarquía, si se le va una de sus principales cabezas!...

La miré por ver si reía; pero estaba seria.

—¡Una de sus principales cabezas! —repitió don Diego remando cada vez con más fuerza—. Ahora me acuerdo de que no he dado a usted las gracias... ¡qué distraído soy!... por la bandolera que me ha conseguido.

—Eso no vale nada, amiguito. Usted se merece más —dije con mucha inquietud—. Hágame usted el favor de poner la proa a tierra... Por mi amigo el infante don Antonio juro que el navegar es cosa imponente.

—¿Pero se marea usted aquí?... ¡hombre de Dios! ¿Y no se avergüenza usted?

—Un hombre de Estado, una eminencia —dijo Presentación—, una lumbrera de España y del siglo, ¿perder su aplomo tan fácilmente?

—No me mareo, pero la verdad, esto no me gusta... A la otra orilla, que es tarde y tenemos que ver la pajarera.

—Otro poquito más —dijo la niña—. Me encanta este suave movimiento. ¡Qué hermosa es el agua!... Mire usted, mire usted los pescaditos. ¿Pues y esas yerbas verdes y negras que se ven debajo?... Aquí tienen ellos sus nidos, sus casas, sus alcobas, sus camas, sus despensas... Mire usted cómo van en bandadas por el agua, cómo se juntan y se separan. Parece que se dicen un secreto, que se hacen preguntas, que disputan y se reconcilian después. Y ¡cómo se ve el cielo en el fondo!, parece otro cielo, ¿no es verdad, Pipaón? ¡Qué bien se ven desde aquí los árboles de la orilla; se ven dos veces, unos vueltos hacia arriba y otros hacia abajo! ¡Oh!, por allí vienen los cisnes. De lejos parecen una escuadra navegando a toda vela. ¡Ay! Pipaón ¡qué hermoso es esto!... A ver si sé yo remar.

—¡Tonta! Tú no tienes fuerza —dijo don Diego, defendiendo los remos.

—Señor conde, diríjase usted a la otra orilla —exclamé yo, empuñando el timón, con no menos brío que un Sebastián Elcano—. La verdad es que estas cáscaras de nuez no me inspiran gran confianza. Puede romperse una tabla con la mayor facilidad, y aquí se ahoga uno sin remedio.

—Yo no, porque nado como un pez —dijo don Diego.

—A tierra, a tierra.

—¿Que se ahoga uno? ¡Dios mío! —exclamó con espanto Presentacioncita—. ¿Si uno se cae aquí, se ahoga?

—Sin remedio.

Por más que ordenábamos al remero que nos llevara a tierra, se empeñaba el tunante en dar vueltas y más vueltas alrededor del lago. Corría velozmente la frágil embarcación, y la niña de la condesa parecía muy complacida de aquel extraño modo de pasear, porque aspiraba con delicia el aire que en nuestra carrera nos azotaba el rostro, y con sus manecitas agitaba el agua, salpicándola, cual si también remase.

—Basta, basta ya. ¡A tierra!

—Está usted pálido, Pipaón —me dijo la niña, acercándose a mí con mucho interés.

—Pálido no —repuse—, pero nos hemos paseado ya bastante por los mares.

—¿Quiere usted un caramelo? —añadió registrándose los bolsillos—. ¡Qué diablura! Se me han olvidado.

—Habrá usted traído anises.

—Tampoco —añadió con mucho desconsuelo—. Mira, Diego, en cuanto volvamos a la orilla, saldrás a comprarme unos anises. Verdaderamente, no me puedo pasar sin anises.

—En los puestos del río los hay —indiqué yo.

Daba el bote una vuelta, cuando vi que un guarda con descompuestos ademanes de ira nos hacía señas para que fuésemos a la orilla. Era un ardid convenido con don S... S... para poner término a la excursión naval, si se prolongaba demasiado.

—¿Ven ustedes? El guarda nos hace señas de que salgamos del bote —grité, fingiendo el mayor enfado—. ¡Qué desacato hemos cometido! Nos van a echar de la posesión.

—Vamos, vamos —dijo la niña—. Aquel buen hombre está muy enfadado.

Pero el conde seguía remando, y la nave su suave curso alrededor del vasto charco. Disponíame yo a arrancar los remos de las manos del joven, cuando divisé en la orilla de enfrente muchedumbre de hombres y caballos.

Presentación se puso pálida.

—Buena la hemos hecho —exclamé, reconociendo los coches de la Casa Real—. Ahí está Su Majestad... Cuando menos nos mandan a la cárcel.

—¡Jesús, qué miedo! —dijo la muchacha—. ¿Dónde nos esconderemos? Diego, tú tienes la culpa. Vamos a tierra pronto, hijito, o échanos a pique, para que ocultemos nuestra vergüenza.

El muchacho reía con un desparpajo que me arrebató de cólera.

El guarda seguía haciendo señas. Tras el coche del Rey entraron otros, y bien pronto vimos paseando por la orilla a Su Majestad en persona, acompañado del duque y seguido de distintos individuos de su alta servidumbre. Poco después aparecieron algunas damas. Don Dieguito remaba suavemente hacia tierra.

De pronto observamos que el Rey y todos los que le acompañaban se detenían a mirarnos. Estábamos sirviendo de espectáculo a la corte.

—¡Qué vergüenza! —dijo Presentacioncita—. ¡Cómo nos miran!... Su Majestad se ha fijado en usted, Pipaón. Parece que se sonríe.

En efecto, sonreía mirando el bote.

—Salude usted a Su Majestad, Pipaón, salude usted, hombre —exclamó con afán la niña—. ¡Por Dios, no sea usted grosero!... ¡Qué poste!... Pero hombre, levántese usted.

Púseme en pie, sombrero en mano... y en el mismo instante ¡Dios Todopoderoso y Misericordioso!... Sentí unas pequeñas pero enérgicas manos que se apoyaron en mi espalda... Recibí un impulso terrible, del cual no pude defenderme, por estar desprevenido, y caí con estrépito y como una piedra en el agua... ¡Horror incomparable!

Cuando mi cuerpo chocó con la superficie del agua y esta salpicó con estruendo y chasquido horrible y sumergime repentinamente, sentí un rumor espantoso de carcajadas, y sobre mí la voz de Presentacioncita, que con el ardor de la venganza, exclamaba:

—¡Por tunante!, ¡por cobarde!, ¡por pillo!, ¡por traidor!, ¡por al...!

La última palabra no la copio por respeto a mí mismo.

....

Yo nadaba como una peña. Fui derecho al fondo. Agua por todas partes, agua en mis ojos, en mi boca, dentro de mi cuerpo, agua en mi aliento, que ya no era aliento, sino el angustioso hálito de la asfixia. Tragaba la muerte... Me moría por dentro y por fuera... ¡me ahogaba!...

¡Ay! Cuando me sacaron, no sin trabajo, los guardas, ayudándose de ganchos, mi persona inspiraba horror, según me han dicho. Yo era una masa de fango pestilente. Los cortesanos huyeron de mí con asco, mientras los guardas me envolvían en mantas, haciéndome los tratamientos necesarios para volverme a la vida. Dentro de mi estómago tenía todo el estanque, todo el Océano y hasta el bote.

Cuando adquirí la certeza de que aún vivía para bien de la humanidad y amparo de los desvalidos, era ya de noche. Todo era silencio. Estaba en una sala, y a mi lado no vi ni Rey ni cortesanos. Los guardas me miraban y recordando el chasco, se reían.

Entonces, trayendo a la torpe memoria accidentes y pormenores, empecé a caer en la cuenta de que Presentacioncita se había burlado de mí, haciéndome una obra maestra de estudiada farsa, de disimulo, de pérfido engaño. ¡Maldita sea mil veces! Recordando su comedia, su bien fingido enamoramiento, sus coloquios conmigo, la habilidad suprema con que me fue conduciendo poco a poco a la nefanda catástrofe, de acuerdo con su hermano, con su novio y sus criados, me parecía mentira que todo fuese una burla. Después he sabido que mi conducta con las señoras de Porreño y el señor de Grijalva le inspiraron aquel plan de venganza, que llevó adelante con su incontrastable voluntad y su agudísimo entendimiento. Me aborrecía apasionadamente, me odiaba con exaltación; soñaba con la venganza, y ningún ideal amoroso, ninguna fantasía de mujer hubiera enloquecido su mente, como aquella ansia de burlarme de un modo cruel, inaudito, no contentándose con el martirio de la ridiculez, sino aspirando a daños mayores, a la muerte quizás... Confesó la pícara que nada se le importaba que me ahogase, pues un ser tan vil y despreciable como Pipaón (así mismo lo afirmó) debía morir donde vivía, es decir, en el lodo.

¡Hórrida, bella! Desde entonces, Presentación me causó espanto. Yo no me parecía a Marat; pero ella tenía no poco de Carlota Corday.

—Pero después de tal infamia, ¿les dejaron marchar tranquilos? —pregunté a don S... S... que se me acercó para informarse de mi estado.

—La muchacha reía —me dijo—; el joven remaba con mucha fuerza para llegar a la otra orilla; pero por mucha prisa que se dio, ya les aguardaban allá los guardas, dispuestos a hacer presa en ellos... Fueron, pues, cogidos ambos hermanos, porque son hermanos, ¿no es verdad? La muchacha estaba serena, tan serena que parecía un ángel; y cuando le afeamos su conducta, respondió que usted por trapisondista y farsante... (no sé cuántas insolencias salieron de aquella linda boca), bien merecía el remojón delante de la corte, y aun la muerte.

—¿Y Su Majestad no dispuso...?

—Su Majestad, cuando vio que mi señor don Juan salía lleno de fango, dijo sonriendo: «¿está vivo ese tunante?»

—*¿Ese tunante?*

—Así mismo. Luego añadió: «yerba ruin nunca muere», y fue hacia donde estaban los dos criminales detenidos por los guardas.

—Sin duda iba a disponer un castigo tremendo...

—Su Majestad reía de tan buena gana, que daba gusto verle. Todos nos reíamos. De repente algunos señores de la corte que acababan de entrar en la posesión se encontraron con Su Majestad en la senda que da vuelta al lago. Detuviéronse todos: aquellos señores traían una grave noticia, venida hoy por el correo de Francia, una noticia estupenda, horrible, que dejó absorto y frío y pálido a Su Majestad, y mudos de espanto a todos los que le rodeamos.

—¿Y esos dos muñecos?...

—Su Majestad permaneció un rato mudo y quieto, como si se convirtiera en estatua. Después dijo: «Vamos al instante a palacio»; y pusiéronse todos en marcha.

—¿Y esos dos muñecos?...

—Yo interrogué al Rey para saber lo que hacíamos con ellos y entonces volvió a reír...

—¡A reír!

—Y con mucha complacencia nos dijo: «que se les deje en libertad, y no se les moleste por su travesura.»

—¡Travesura! ¡Se escaparon! ¡La impunidad!... ¿Y qué noticia es esa...?

—Que Napoleón ha vuelto de la isla de Elba.

FIN DE LAS MEMORIAS DE UN CORTESANO DE 1815
Madrid. Octubre de 1875.

Libros a la carta

A la carta es un servicio especializado para

empresas,

librerías,

bibliotecas,

editoriales

y centros de enseñanza;

y permite confeccionar libros que, por su formato y concepción, sirven a los propósitos más específicos de estas instituciones.

Las empresas nos encargan ediciones personalizadas para marketing editorial o para regalos institucionales. Y los interesados solicitan, a título personal, ediciones antiguas, o no disponibles en el mercado; y las acompañan con notas y comentarios críticos.

Las ediciones tienen como apoyo un libro de estilo con todo tipo de referencias sobre los criterios de tratamiento tipográfico aplicados a nuestros libros que puede ser consultado en Linkgua-ediciones.com.

Linkgua edita por encargo diferentes versiones de una misma obra con distintos tratamientos ortotipográficos (actualizaciones de carácter divulgativo de un clásico, o versiones estrictamente fieles a la edición original de referencia).

Este servicio de ediciones a la carta le permitirá, si usted se dedica a la enseñanza, tener una forma de hacer pública su interpretación de un texto y, sobre una versión digitalizada «base», usted podrá introducir interpretaciones del texto fuente. Es un tópico que los profesores denuncien en clase los desmanes de una edición, o vayan comentando errores de interpretación de un texto y esta es una solución útil a esa necesidad del mundo académico.

Asimismo publicamos de manera sistemática, en un mismo catálogo, tesis doctorales y actas de congresos académicos, que son distribuidas a través de nuestra Web.

El servicio de «libros a la carta» funciona de dos formas.

1. Tenemos un fondo de libros digitalizados que usted puede personalizar en tiradas de al menos cinco ejemplares. Estas personalizaciones pueden ser de todo tipo: añadir notas de clase para uso de un grupo de estudiantes,

introducir logos corporativos para uso con fines de marketing empresarial, etc. etc.

2. Buscamos libros descatalogados de otras editoriales y los reeditamos en tiradas cortas a petición de un cliente.